Undine Leverkuehn

Für Weltenbummler und Lebenskünstler

Lyrik

Impressum:

© 2017 Undine Leverkuehn

Layout Buchblock und Umschlag:
Angelika Fleckenstein; spotsrock.de

Verlag: tredition GmbH, Hamburg

ISBN Taschenbuch: 978-3-7345-9652-0
ISBN Hardcover: 978-3-7345-9653-7
ISBN eBook: 978-3-7345-9654-4

Das Werk, einschließlich seiner Teile, ist urheberrechtlich geschützt. Jede Verwertung ist ohne Zustimmung des Verlages und des Autors unzulässig. Dies gilt insbesondere für die elektronische oder sonstige Vervielfältigung, Übersetzung, Verbreitung und öffentliche Zugänglichmachung.

Bibliografische Information der Deutschen Nationalbibliothek: Die Deutsche Nationalbibliothek verzeichnet diese Publikation in der Deutschen Nationalbibliografie; detaillierte bibliografische Daten sind im Internet über http://dnb.d-nb.de abrufbar.

Undine Leverkuehn

Für Weltenbummler und Lebenskünstler

Lyrik

()X()X()

Inhaltsverzeichnis

Zwischen Imagination und Wirklichkeit   11

Albatros-Zyklus   12
Vogel-Perspektive   12
Blick nach oben   13
Erhabenheit   14
Gewappnet sein   15

Aporien-Zyklus   16
Kreißendes Kreisen   16
Dem Menschen von morgen   17
Gefährlicher Impuls   17
Aporie   18
Im Bann der Tiefe   19
Ausweg   20
Lob der Individuation   21
Jenseits der Aporie   21

Salzburg   22
Bergwanderung aus relativistischer Perspektive   23
Die eigene Haut retten   24
Sommertag in den Alpen   25
Gipfelpunkt   26
Auf dem Gipfel   26
'Alp-Träume'   27
Alpen-Phantasie   27
Höhenrausch   28
Zurück zu den Quellen   28
Mallorca-Impressionen   29
In der Mittagsglut   29
Sommerabend   30
Abend im Spätsommer   30
Neubeginn   31
Zwischen den Welten   31
Ohne Konzession   32
Der geflügelte Bote   32

Im Bannkreis des Kosmos	33
Carpe noctem!	33
Das geistig Unbewusste	34
Carpe virtutem!	34
Verborgene Tiefe	35
Die Welle	35
Wellen	36
Insula	36
Fahrt über den Hindenburg-Damm	37
Angekommen auf Sylt	37
Ferien	38
Blick aufs Wattenmeer	39
Ein stürmischer Tag	40
Herbststurm	40
Lebenselixier	41
Entfesselung	41
Im Bann des Orkans	42
Nordlicht-Impressionen	43
Dem Zugriff entzogen	43
Entgrenzung	44
Verwoben sein	44
Blick vom Roten Kliff	45
Westlich von Kampen	45
Gelebter Augenblick	46
Antinomien-Zyklus	*47*
Hymne an das Meer	47
Januskopf	47
Heraklit-Assoziationen	48
Jenseits der Tathandlung	48
Abgrund	49
De causa prima	49
Sein und Haben	50
Kein Staubkorn ist dein 'Untertan'	50
Jenseits der Lösbarkeit	51
Gegensatz oder Widerspruch?	51
Im Besitz zweier Willen	52
Hoffnung bist du	53

Auftrag	53
An alle Blumen-Liebhaber	54
Bedeutung des Kleinsten	54
Nicht nur eine Wahl-Propaganda	55
Sündige Moral	55
Zeitgeist	56
Eichendorff-Assoziationen	57
'Negative Anthropologie'	58
Im Seelenspiegel	59
Weihnachtsgedichte	*60*
Religio	60
Nacht der Weihe	61
Descensus	62
Weihnachten der Post-Moderne	63
Evolutionäre Häppchen zur Bescherung	64
Elementar-Teilchen zum Weihnachtsabend	65
Intermezzo	*66*
Die vier Temperamente für Kinder	66
An alle Hundehalter	68
Finale	*69*
Die lieben Verwandten	69
Zweimal zwei	72
Die fünf Beleidigungen der Menschheit	77

Gedichte auf der Grundlage von Fabeln — 89

Vorwort	90
Der Löwe und die Maus	91
Der kriegerische Wolf	95
Maulwurf und Igel	98
Taube und Krähe	102
Berechnung	106
Böse Zungen	109
Wer hat Recht?	113
Die Teilung der Beute	116
Der Krebs und die Krähe	118
Steigerung	120
Die Elster und der Rabe	123
Vom Hunde im Wasser	125
Die Hunde	127
Die Wasserschlange	130
Frosch und Ochse	132
Die Stachelschweine	134

Humoresken, Witzeleien
Rhythmus, Metrum, Vers und Reim — **137**

Wie kann man das wissen?	138
Drei Nationen im Plausch	142
Der Ratschlag	145
Neurotiker, Psychotiker und Psychiater	146
Ein Missverständnis	149
Verschiedene Betrachtungsweisen	151
Der Missionar in der Wüste	153
Die schwarze Katze	156
Ein Ding der Unmöglichkeit	158
Wiedererinnerung	161
Mutter, Tochter, Preuß und Bayer	164
'Der Zerbrochene Krug'	166
Der begründete Verdacht	167
Der begründete Einspruch	168
Die unerwünschte Mahlzeit	169
Drei Männer vor dem Richter	170
Die drei Wünsche	172
Die Fallschirmspringer	173
Ein heikler Fall	175
Die geschickte Fragestellung	177
Die professionelle Hilfe	179
Auf dem Kasernenhof	180
Die Frau im Theater	181
Makaber	183
Skeptisch gegenüber der Skepsis	184
Eine Frage der Definition	185
Tauben	186
Das Geschenk	187
Erpressung vor dem Weihnachtsfest	188
Busfahrer und Pfarrer	189
Versteigerung	190
Franken oder die Schweiz	192

Zwischen Imagination
und
Wirklichkeit

Albatros-Zyklus

Vogel-Perspektive

Wohlan, kleine Möwe, schwing dich in die Höh,

erobere das Weite, bewache die See!

Bewege dich durch der Gezeiten Lauf

und schaue mit Staunen zum Adler auf!

Und mag dir sein Flug die Seele beschenken,

musst eines du wissen, verstehn und bedenken:

Auch letztlich bewegt sich der König im Kreis,

solange er nichts von Albatros weiß.

Blick nach oben

𝓑ewundere der Lerche Lied,
wenn sie sich in die Lüfte hebt,
erschaudre, wenn der Berg erbebt,
wenn rot die Glut am Himmel glüht.

Beneid den Baum um seine Kron,
begrünten, hohen, stolzen Wipfel,
den Triumphator auf dem Gipfel,
den Adler auf dem Königsthron.

Was dir begegnet, nährt den Traum
von Trugbild, Wahn und Leidenschaft.
Verborgenes stärkt Schöpferkraft. –
Dem Albatros gehört der Raum.

Erhabenheit

Über Spuren der Empfindung,

die Gebrechlichkeit verleiht,

über Adhäsion und Bindung

schwebt er – Hauch der

Ewigkeit.

Selbstvergessen wähnt dein Sehnen:

ferner Ahnungsdünste Saum.

Albatros kennt keine Tränen –

Albatros kennt nur

den Raum.

Gewappnet sein

Schaudern erfasst dich, tief innig Verehren

beim Anblick hinauf in die Höhe;

ein glühend Begehren wird dich verzehren

beim wahnhaften Wunsche nach Nähe.

So kämpfe und lerne auf hohem Ross

den Höhenrausch zu bezwingen;

denn dem, der vom Flügel des Albatros

berührt, kann kein Leben gelingen.

Aporien-Zyklus

Kreißendes Kreisen

Des Kindes Lauschen auf die Weisung
ohn' Hinterfragung, unbeirrt –
glückliche Mittelpunkt-Umkreisung,
in der sich Geist und Sinne verliert.

Der Jugend Skepsis lässt, was als
Bezugspunkt galt, so nicht bestehn.
Ihr Forschen sucht gegebenenfalls
des Zentrums Mitte zu verstehn.

Weise das Alter, das – dem Planen
voraus – auf jene Sphäre weist,
um die – wohl offen dem Erahnen –
der Mittelpunkt des Zentrums kreist.

Dem Menschen von morgen

Sowohl Trabant bist du wie auch Zentralgestirn,
ein stolzes Ich, das sich als Mittelpunkt gebiert –
ein schwacher Geist mit programmiertem Superhirn,
das sich in tausend flüchtigen Details verliert.
Und wurden dir die Fragen nach dem Sinn auch ausgetrieben,
so hat dein Inneres doch niemals aufgehört zu lieben.

Gefährlicher Impuls

Weh dem,
der in der Eigendrehung sich verfangen,
ohne den Blick auf das zu wagen,
was ihm Bahn und Weg bestimmt! –
Nie wird er an sein Ziel gelangen.
Nichts ist für ihn bedeutsam, das ihn
da hinanzieht, über seinen Wendekreis
hinaus ins Wagnis: in des Ursprungs
Ew'ges Haus.

Aporie

Schmerzlich an das Ich gebunden –
Selbstumkreisung – voller Hohn
für den, der sich nicht gefunden
im Vollzug der Rotation.

Glückliches Trabanten-Dasein,
das den Mittelpunkt umkreist!
Nimmermehr wird ihm gewahr sein,
was es ist und wie es heißt!

Selig, so sich zu verlieren
an das, was als Wert erkannt,
wunderbar, die Macht zu spüren,
die verwandelt, fesselt bannt!

Im Bann der Tiefe

Traum aus trügerischen Bildern,
die dir zum Verhängnis werden –
heimliches Gefängnis – Erden-
Dasein scheinbar nur als Glück
empfunden. Seelenkräfte wildern,
wuchern ausweglosen Fährten
wüst entgegen, streun Beschwerden,
wachsend, über dein Geschick.

Ausweg

Wenn des Zentrums unsichtbare Mitte
sich als Trugbild offenbart
und in Widrigkeiten,
fern von Sitte,
Netzwerk dich verstrickt, bewahrt
die Seele ihre letzte Kraft,
um der Verblendung Leidenschaft
zu bannen und das Zentrum
neu zu wählen:
ins Innre des verborgnen Selbst
zu stellen.

Lob der Individuation

Geheimnisvoll gleich jenem Stern,
den unabhängig dein Ich umkreist,
bleibt dir der eigene innere Kern. –
Verleugne nicht um der Erhaltung
des Ganzen willen die Entfaltung
des individuellen Geistes,
der dir unbekannten Kraft,
die Neuerung und Wandlung schafft.

Jenseits der Aporie

Fern dem Blick und jenseits jeder Unterweisung,
nur der Ahnung und dem Eingeschrieben-Sein
im Seelengrunde eigen, thront Erinnerung,
Gewissheit der Verheißung –
Ursprung aller Sternenlicht-Umkreisung.
Aufhebung des Widerspruchs bewohnt
Urgrund, Gipfel, Quelle allen Liebens.

Salzburg

An diesem Orte pflegt

der Künste Flügel

der Tiefe Rückbindung

zu wahren;

und dennoch hat des Ernstes ehern Siegel

die Leichtigkeit des Seins

erfahren.

Bergwanderung
aus relativistischer Perspektive

Paradiesisch Wald und Hügel
und der Himmel wolkenlos,
Gipfelstürmern wächst kein Flügel;
doch der Ausblick ist grandios.

Edelweiß und Enzian blühen.
Du sitzt mit verstauchten Haxen
mittendrin im Alpenglühen,
hast kein Handy, nix zum Faxen.

Was hat dich dahin geführt?
Cognac, Droge nicht und Wein.
Sel'gen Rausch hast du verspürt,
Glück, dem Himmel nah zu sein.

Wenn einer so was nie erlebt
und nichts ihn in die Höhe treibt,
bedenk er: wer am Erdkern klebt,
Nanosekunden jünger bleibt.

Die eigene Haut retten

Wer ein richtiges Donnerwetter
in den Alpen miterlebt,
glaubt, dass da die Erde bebt. –
Wer sich mal als mut'ger Retter
irgendwann erwiesen hat,
saust, vom Grollen hörgeschädigt
und vom Blitzen ganz erledigt,
ohne Blick auf Blüt und Blatt
heimwärts in die sichre Hütte
mit der 'Vater-unser-Bitte'
der 'Erlösung von dem Übel'
auf den Lippen – unsensibel
gegenüber jedem andern,
gleichgültig, ob der am Wandern,
Stolpern, Schrei'n oder im Mist-
haufen am Ersticken ist.

**Wie Blitz und Blendwerk weicht der trübe,
verblasste Drang nach Nächstenliebe.**

Sommertag in den Alpen

Rauschende Wälder,
Baumkronen, Wipfel,
blühende Felder,
gleißende Gipfel.

Strahlenden Sternes
glutroter Glanz –
leuchtende Ferne –
erfüllt dich ganz.

Wandre auf Moos
oder steinigen Wegen –
dein Wandel ist groß:
dem Licht entgegen.

Gipfelpunkt

Höhe des Lebens –
Blick in den Raum –
kein Hoffen vergebens,
ein Rätsel – ein Traum?

Du hast viele Fragen,
du stellst sie doch nicht,
weißt nichts mehr zu sagen –
so nahe dem Licht.

Auf dem Gipfel

Lichtblaue Klarheit, Glut des Himmels spürend,
bezwangst du Hügel, Berg. Des Gipfels Klang,
noch still an der Materie Rätsel rührend,
setzt schon die reine Anschauung in Gang.
Verwoben in des Glanzes hohes Licht,
lebt Fernsten-Liebe in dir, Weite, Raum;
von Gegenstand und Krümmung frei und Dichte,
bist du auserwählt, und wie im Traum
treibt Sehnsucht dich, Verlangen, ungestillt,
das machtvoll sich verzehrt nach Gottes Ebenbild.

'Alp-Träume'

Erhebend Gefühl
und zögerndes Sinnen –
gar fern ist das Ziel. –
Hoch ragen die Zinnen
empor; und geblendet,
ins Schaudern gewendet
von bläulicher Ferne –
erahnst du die Sterne.

Alpen-Phantasie

Des Gipfels Glühen – und ein neuer
Impuls lässt Herzen höherschlagen.
Zu Hügeln, Höhn und Zinnen tragen
und schwingen Flügel inn'res Feuer
empor; und Phantasien wagen
den Flug ins große Abenteuer,
zu Sternen-Nebeln, ungeheuer –
hinauf ins Jenseits aller Fragen.

Höhenrausch

Vermag dein Fuß des Gipfels Höhe zu betreten,
jene Nähe lichter Welten zu erspüren
und mag dein Geist in trächt'gen
Wehen Sonn und Sternenbahn berühren,
tritt schon das Sehnen in den Kreis,
erobert ahnungstrunken Türen
zu dem, was nur die Seele weiß.

Zurück zu den Quellen

Wo des Mittags goldne Glut
blendet, sich auf Bergeszinnen
spiegelt, Quellen silbrig rinnen,
sprudelnd in des Sturzes Flut
sprühen, sich verwandeln, brausen,
aufbegehren, niedersausen,
eifernd um die Wette beben,
wird dich Fülle, reiches Leben,
Urbeginn zurückgewinnen.

Mallorca-Impressionen

Wo sich unter Palmenhainen
eine Welt dir offenbart,
Felsen triumphieren, seinen
Zauber mancher Sternenpfad
über wilde Wogen sendet,
wendet zu des Schweigens Stille
sich dein Staunen – ganz geblendet
von des Lebens reicher Fülle.

In der Mittagsglut

In des schwülen Sommers Gluten
stapeln sich Erinnerungen,
eh' Gedanken dir gelungen,
wühlen sich zu wilden Fluten
auf, verschwimmen, taumeln, fallen.
Tief in dem Tumult des Lebens
kreiselt Willenskraft vergebens –
schon bist du dem Rausch verfallen.

Sommerabend

Flutender Abendglanz
sinkender Sonne,
blinkender Strahlenglanz
glückhaft gewonnener
Stunden – Erfüllung
aus Himmel und blauer
Ferne Enthüllung –
wohin ich auch schau.

Abend im Spätsommer

Sommersonne sinkt hernieder;
still verhallt der Abendlieder
leises Tönen.
Glut, die dir die Himmel sandten,
Fernweh nach dem Unbekannten
nähr'n dein Sehnen.
Langsam, feierlich, bedacht,
sanft umfängt dich Tiefe –
Nacht.

Neubeginn

Wenn des Himmels Sonnentage
glücklich dir entgegenstrahlen,
lichtes Blau als Märchen, Sage
und Gedicht die Welt zu malen
beginnt, öffne dich der Sphäre:
ihrer Fülle – ihrer Leere.

Zwischen den Welten

Reisefieber nährt dein Sehnen
nach dem Unbekannten.
Weltentrüber stör'n dein Wähnen.
Die da Gleichmut fanden,
kennen nicht der Fernsten-Liebe
Glut und Glanz in diesem Leben:
rastlos – Teil im Weltgetriebe
sein – und zwischen Sternen schweben.

Ohne Konzession

Schweift der Augenblick auch still
über lauer Lüfte Schweigen,
führt die Glut den Himmelsreigen,
Sphären, die sich jubelnd neigen,
grüßt die Ahnung Sterne, weit,
Bildnis der Unendlichkeit –
weht der Geist doch, wo er will.

Der geflügelte Bote

Kosmos – Licht und Glanz und Pracht –
steigt er zu dir hernieder? –
Der Albatros fliegt durch die Nacht.
Siehst du dort sein Gefieder
am fernen Horizont entschweben? –
Im Auge des Giganten –
da spiegelt sich der Sterne Leben,
das dir die Himmel sandten.

Im Bannkreis des Kosmos

*W*ie Winzlinge, am hohen Himmel glühend,
erscheinen dir bei klarer Nacht die Sterne.
Des Standorts Bindung, feste Bleibe fliehend,
rückt sie der Raum in ungeahnte Ferne.
Gebannt und doch befreit aus allen Banden –
spürst du den Dunstkreis kosmischer
Giganten.

Carpe noctem!

*E*wige Ferne –
glückhaftes Sehnen.
Glühende Sterne –
rätselndes Wähnen.

Rätsel des Raumes –
fliehende Weiten.
Ende des Saumes –
Ende der Zeiten.

Das geistig Unbewusste

Was in Wogen, Ozeanen tief verborgen,
ist zwar losgelöst, ist abgetrennt,
isoliert von dem, was man beim Namen nennt,
jener Fassbarkeit des Heut und Morgen.
Was da Meere, Wasser abgründig verbergen,
schweigend schützen vor der Sichtbarkeit,
kann die Seele beben machen oder stärken –
Teil der unbekannten Wirklichkeit.

Carpe virtutem!

Warum die Möwe, den Adler beneiden?
Der Höhenflug hat gewiss seinen Preis.
Was kann dir die Leichte der Lüfte bereiten,
die nichts von der Tiefe des Meeres weiß.
Entdecke die Kraft, die dich unbeirrt
zum Gipfel des Grundes, zum Urquell führt.

Verborgene Tiefe

Weite des Meeres – Vergänglichkeit
lässt ihren Blick
hinter vertrauten Seelenbilds
Ahnung zurück.
Silbriges Funkeln gekräuselter
Fläche – es bleibt
die Tiefe verborgen, die Bücher
des Lebens schreibt.

Die Welle

Milden Ausdruck deiner Seelenlandschaft
offenbart der Welle fließend Gleiten.
Herkunft hoher, glücklicher Gesandtschaft,
ihren Bergen ihren Tälern eigen,
führt die stillste, leiseste der Regungen
zu immerwährender Bewegung.

Wellen

Geheimnisvolle Macht, gehüllt in Schweigen,
welch Element verbirgt sich hinter Euch?
Verschwiegenheit ist Eurem Namen eigen.
Ist es des Lebens Ursprung – Euer Reich –
oder – von hoher Herkunft, stolzem Wuchs –
des Urbeginns erhab'nes 'Fiat Lux!' – ?
Ob Licht-Wellen oder des Wassers klar
gekühlte Flut – **vivat energeia!**

Insula

Insel – fern vom Weltgetriebe –
jener Macht anheimgegeben,
die Kalkül, vermess'nes Streben,
stolzen Menschengeists getriebene
Handlungswolllust nicht gepachtet,
Plan und Blick als blind erachtet –
in das Meer hineingewoben.

Fahrt über den Hindenburg-Damm

*I*n den hohen Norden mit der Eisenbahn
lässt sich's bequem und sicher reisen.
Nordwärts weht auf wässrig blauen Wegen
manche kräft'ge Brise dir entgegen.
Möwenschwärme, die am Fenster flattern,
Krume und auch Happen zu ergattern
suchen, sind wohl im Prozess 'Es werde!'
Boten zwischen Himmelsdunst und Erde. –
Leider ist der Vögel fleiß'ger Flug
nicht ganz abgestimmt auf jeden Zug.

Angekommen auf Sylt

*B*rillantes Schauspiel! Farb'ger Regenbogen! –
Ist dir auch heut das Wetter nicht gewogen,
ist es der Himmel, der sich schlecht benimmt? –
Befreie dich von Zaudern, Zögern, Zagen,
lass schaudernd in des Sturmes Bann dich schlagen!
Beim nächsten Neumond klappt's bestimmt!

Ferien

Jenseits der Fassade, fern dem Schein,
den die Zivilisation erzwungen,
sei hier auf die Leichtigkeit des Seins,
die Gezeitenkraft ein Lied gesungen,
auf den Drachen, der da steigt und fällt,
auf den Plausch und auf befreites Schweigen,
jenes Auf und Ab der Insel-Welt –
Gleichnis, Spiegelung – der Seele eigen.

Blick aufs Wattenmeer

Kein Widerstand, kein Berg, kein Hügel,
kein Echo, dessen Laut verdunkelt –
endlose Fläche – Glanz – ein Spiegel,
der silbrig dir entgegenfunkelt.

Ein Meer aus Licht liegt dir zu Füßen.
Des Himmels Leuchtkraft lockt ein Sprießen
aus blauem Horizont hervor;
und jede Regung lässt den Chor
aus fließend Farbenspiel erschallen –
des Kosmos Lichtung neu erstrahlen.

Ein stürmischer Tag

*D*es Sturms Gesang – verwegnes Ringen
der Elemente – tönt und quillt
und wächst und sprengt vertrautes Bild.
Des Meeres Woge weitet Schwingen,
sein Odem löst die Seelenkraft,
die ungezügelt, ungestillt,
verwoben in des Kosmos Klingen,
Erneuerung, Verwandlung schafft.

Herbststurm

*V*on Wogen durchwühlt, von Gezeiten umwoben –
das Kliff gebärdet sich ahnungsberauscht;
es sprühen die Wellen, die Sturmwinde toben –
ein Fest für die Seele jedem, der lauscht.

Und staunend, in Schöpfungswehen versunken,
erbeben die Wellen, erglühen zum Lieben;
und dir, der die Gluten des Eindrucks getrunken,
ist fernwehumwitterte Sehnsucht geblieben.

Lebenselixier

*E*s bebt das Meer, es regt sich die Welt,
wenn Wind und Welle zum Weckruf bestellt,
die Woge stürmend zu sprühender Gischt
emporschnellt, bevor der Tag anbricht,
die Wasser zu ohrenbetäubender Landung
sich sammeln und schließlich in brausender Brandung
erstarrtes Gestein zum Zersplittern zwingen –
ein Sturmlied auf Leben, auf Wandlung singen.

Entfesselung

*V*erwildert bäumen sich die Wogen,
es braust der Sturm, die Wasser grollen.
Blindwütiges, verwegnes Wollen,
das Meer und Flut und Welle schürt,
entfesselt seinen weiten Bogen.
Auch du wirst in den Bann gezogen –
allein der Grund bleibt unberührt.

Im Bann des Orkans

𝒱erdichteter Wolken verwegenes Fallen
verwandelt die Himmel zu schwärzlichen Hallen.
Ein Brausen, gar machtvoll, erfüllt Aug und Ohr,
die Ferne voll Sehnsucht in Angst sich verlor.

Es stürmen die Wogen sich wild gegen Land,
die Sturmwinde schwellen, du stehst wie gebannt.
Ist's wirklich? – Ist's trunkenes Trugbild? –
Ist's Wahn? –
Aus Toben und Wüten erwächst ein Orkan.

Der elementaren Gewalten vermessenes
Walten schafft Wandlung – und du
bist besessen.

Nordlicht-Impressionen

Wolken schweben in lichttrunkenem Glanz
in die Leichtigkeit des Seins
zwischen zwei Welten;
und geblendet vom blau-weißen
Aufschwung in die große Freiheit
folgst du letztlich
dem Schrei der Möwen.

Dem Zugriff entzogen

Wolken, wandernd,
in Schweigen gehüllt –
wandelnde Weite.
Des Windes laues,
luftiges kindhaft flüsterndes Wehen
umspielt jenes Bild, das dir,
bevor der Abend beginnt,
die Seele mit Sehnen füllt.

Entgrenzung

Flink und fliegend sich erheben
über bodenständ'ges Leben –
Möwenflug und Sternenschein.
Frei von zwielichtigem Schwanken
lädt, sein klares Licht zu tanken,
ein der Äther, blau und rein.
Ahnung treibt und trägt dich fort.
Sehnsucht nährt des Ursprungs Ort:
mit dem Himmel eins zu sein.

Verwoben sein

Sand, der wirbelnd sich im Wind erhebt,
Land, das zwischen Meer und Sternen schwebt,
Band, das Wogen in den Himmel webt,
See, die in der Frühlingssonne gleißt,
Bote, der dir Neubeginn verheißt,
Möwe, die durch die Gezeiten kreist,
sind in dein Geschick verwoben –
machtvoll, groß, wirksam –
und kein Grashalm ist bedeutungslos.

Blick vom Roten Kliff

Aus Stürmen tönen Brandungsklänge,
aus Dünenlandschaft Windgesänge,
aus Wogen wildert Leidenschaft.
Des Meeres Leuchtkraft weitet Schwingen –
Festtag der Seele – sanftes Klingen
erwächst zu deines Flügels Kraft.
Gewölbter Saum durchmisst den Raum.
Erlebte Wirklichkeit – ein Traum!

Westlich von Kampen

Grenzenlose, unfassliche Weite –
sehnender Augen Blick sei dir Geleite!
Dem Meer zugeneigt, den Wellen verbunden,
erglühen des Himmels leuchtende Stunden.
Es funkelt die See in hell silberner Pracht,
es spricht uns die Flut von Gezeiten der Macht;
und lichttrunken glänzt das verwegene Spiel
der Wogen und Winde – die Sterne zum Ziel.
Kosmischer Bahnen entsiegelter Saum –
Ewigkeitsahnung entriegelt den Raum.

Gelebter Augenblick

Wo in der Ferne Horizont und Meer
zur Einheit sich gestalten,
wird des erlebten Augenblicks Begehr
sich zu Äonen falten –
krümmt sich der Raum, verdichtet sich die Zeit
zur Singularität – wird Wirklichkeit.

Antinomien-Zyklus

Hymne an das Meer

Meer, gepriesen seist du, da dein Glanz,
dein Bildnis mir im Hier und Jetzt erscheinen.
Lass dein Geheimnis, Macht und Milde, ganz –
kraft des Mysteriums – die Seele einen.
Lass Funken Diamanten sprühen, zückende
Strahlenschwerter Menschengeist entrücken.

Januskopf

Tiefe, Gefahr, Verwegenheit,
des Abgrunds finstre Macht –
der See verborgnes Nachtgesicht. –
Verströmend blaue Ferne, Weite
– Fluten, Funken, Branden – Gischt,
Brechung, Brillanz und farb'ge Pracht
erweitern und umjubeln ganz
des Strahles Helle, Glut und Glanz.

Heraklit-Assoziationen

Begreife, erkenn der Gezeitenkraft
fließenden Wechsel im Raum
und der Hoffnung stilles Geleiten
hinweg über Sehnsucht und Traumgebilde.
– Die Feste, die Schranke
erstürme, erfülle mit Leben
dein werdend Geschick. – Gedanke
und Tat – sie begleiten dein Streben.

Jenseits der Tathandlung

Über des Meeres tiefbeseelten Gründen
strahlt Glanz und Licht – ein Stern –
er winkt dir zu.
Ach, könntest du dich so im Einklang finden,
in Harmonie zwischen der Welt, dem Du,
dem Ich der Schranke! – Was wäre dann
gewonnen? –
der Fluch der Ruhe –
Kampfgeist, der geronnen.

Abgrund

Dort, wo die See, der Woge Spiel Herrschaft
über die Seele gewonnen,
gibt's, freier Geist, keine Wiederkehr,
sind Walten und Wirkkraft zerronnen,
zerstoben zu Staub, zur Sprache des Windes,
zum Wechsel der Laune, zum Spielball des Kindes. –
Das Fließende so zur Substanz zu erheben
schafft Flüchtigkeit –
jenseits der Stützkraft im Leben.

De causa prima

Erkenne im Wandel der Zeiten
ein ewig und gründend Geschick,
jenen Geist, der dich lenken und leiten
und führen will, der dir im Glück
wie im Zustand, der dir als Unheil erscheint,
mit sich selbst im Einklang die Seele eint.

Sein und Haben

*B*unt ist das Leben,
mannigfaltig sind
die Gaben. – Gebendes
Offen-Sein gewinnt
die Herzen. – Blind
und ohne Blick gerinnt,
erstarrt das Haben.

Kein Staubkorn ist dein 'Untertan'

*S*o ungestraft da unter Palmen wandeln,
wird dem nur möglich sein, der jede Zelle,
jede Faser wie des Blattes Helle,
Öffnung hin zum Licht,
in seinem Handeln,
in seinem Denken streift,
berührt, begleitet –
so als wär's ein Hauch
der Ewigkeit.

Jenseits der Lösbarkeit

*E*rscheint dir das 'Unnennbare'
nur lediglich als Lückenbüßer
für das 'Noch-nicht-Erkennbare'
Pate zu stehn? – Sind Besserwisser
nicht stets am Wirken, die hier eine
Erklärung suchen und doch keine
finden? – Schwebt über 'unerkannt'
nicht unlösbarer Restbestand?

Gegensatz oder Widerspruch?

*I*st es dein Wunsch, dein Wille hier
vom Zwang gelöst zu leben? –
Doch welche Macht gebietet dir
nach Perfektion zu streben? –
Wann finden Pole, Gegensätze
vom Widerspruch befreite Plätze?

Im Besitz zweier Willen

*I*st es der Wille, der dir vom Leben singt,
der dich in himmelhoch jauchzendes Chaos
treibt? –
Ist es der Wille, der dich danieder zwingt,
bis dir vom Wollen gar nichts mehr übrig
bleibt? –

Kann er nur fordernd Tyrann oder wilde
Verlockung
sein? – Schnürt die Hybris in spanische Stiefel
der Stockung
fließendes Leben ein? – Wer erhält, wer verwaltet
wundersam willig die willige Welt,
die sich spaltet?

Hoffnung bist du

Hoffnung bist du,
Glut und Glanz und Feuer
jenseits der Berechnung –
Kugel, Kreis, Parabel –
unendliches Abenteuer:
Kraft, die von
den Sternen weiß.

Auftrag

Des nachts blick auf zum Sternenhimmel,
wo sich des Mondes Sichel zeigt.
Sperling und Star, Rappe und Schimmel,
der flinken Katze Wendigkeit –
die geben dir bei Tag Geleit.
Erspür des Bodens vielfält'ges Gewimmel,
die Blume, die sich voller Andacht neigt.

An alle Blumen-Liebhaber

*G*ib deiner Blume,
die dir lieb geworden,
mehrstimm'ge Volkslieder
und Klassiker zu hör'n,
so schenkst du ihr
Gedeihen allerorten.
Balsam der Seele wird sie dir,
ihr Schein zum Stern.

Bedeutung des Kleinsten

*B*edenke, dass Melodik,
Rhythmik wohl entscheidend sind;
und auch nicht unbedeutend ist das Instrument,
auf dem du spielst. Allein
der Ton – für sich betrachtet –
er verweht da wie ein Hauch im Wind –
und dennoch lebt er fort – in seinem Element.

Nicht nur eine Wahl-Propaganda

*D*enk nicht,

dass der Welt Geschick, ihr Wohl und Weh,

ohne deinen Einfluss sich gestaltet.

Auch des eng begrenzten Felds Geschehen

wird durch dich, durch deine Wahl gestaltet.

Lerne –

ohne dich am Rausch des Handelns zu ergötzen –

Sinn, Bedeutung deines, ach, beschränkten Egos schätzen.

Sündige Moral

*G*anz ausgereift im trinitarischen Sinn

trittst du in deinem Denken,

im Fühlen, Handeln

exemplarisch hin,

wo das Ego der Vernunft

skurril sich nährt aus Hybris-Zunft:

Es lässt sich nicht beschenken.

Zeitgeist

Bedürfnissen, Wünschen Rechnung zu tragen
und Sorge für Wohlleben, Wohlbehagen
in universeller Beweglichkeit,
in Krypten Verborg'nes nach draußen zu zerren,
in lüsternem Leichtsinn ins Freie zu plärren
ist Lebensstil ganz am Zahne der Zeit.

So nah der Gesellschaft – so fern der Begegnung –
schwebt über dem allgemeinen Ergötzen,
Getöse, Gewirr, Um-die-Wette-Wetzen,
Nach-Rausch-und-Beglückung-Lechzen
und Hetzen
so jenseitig von Begnadung und Segnung
zuletzt der Verflüchtigung blankes Entsetzen.

O Auge, wo ist dein Sehnen geblieben,
aufstrebender Geist, dein Hoffen und Lieben? –
Getriebe der Welt, wann schwindet dein Wille zum Leben? –
Wann klärt sich zu festlicher Stille dein Bild für die Seele,
die anbeten will!

Eichendorff-Assoziationen

*E*rd und Himmel, Blütenschimmer –
Bindung über Saum und Zeit
hinaus, Begrenzung, Zaun und Zimmer –
Bildnis der Unendlichkeit:
tief und unverlöschlich
eingeschrieben
in der Seele, die sich
treu geblieben.

()I()I()I()I()I()I()

'Negative Anthropologie'

(gestützt auf die neg. Theol. von Cusanus und die Anthropol. Rahners)

*W*as da Gedanke, Wort und Tat beflügelt,
was nimmermehr gefasst, gezählt, gewogen,
dem Hier und Jetzt verschlossen und
versiegelt,
ist der Erforschbarkeit entzogen.

Die Kraft in dir – spirituelle Sphäre –
gebunden im Äonenstaub der Zeit,
ist Vorgriff auf Identität von Leere
und Fülle –
Glanz der Ewigkeit.

Im Seelenspiegel

Wenn das Glück der Augen-Blicke
Welten deiner Seelen-Landschaft
dir erschließt und eine Brücke
hin zu kosmischer Gesandtschaft
baut, erschaudre – fürchte nicht
Himmelsnähe, Fahrt zum Licht –
Ursprung aller Wahl-
Verwandtschaft.

Weihnachtsgedichte

Religio

Wenn aus des Ursprungs freiem Wollen
die Welt sich formt zu strengem Sollen,
zur Bindung an Gesetz, Natur,
wenn jene höchste, unbestimmte
Macht das Schicksal auf sich nimmt
und fasslich wird und jede Spur
erhab'ner Herkunft hinter sich
lässt, eingeht ins begrenzte Ich –
der Herrscher über Raum und Zeit –
wisse: auch du bist Ewigkeit.

Nacht der Weihe

*E*s schweigt die Nacht. Äonenglanzumweht
erglüht die Zeit zum Dreigestirn. Es dreht,
es wendet jubelnd sich die Welt der Ruh'
des grundlos Gründenden, dem Urgrund zu.

Ein Strahl aus fernster Höh' und höchster Ferne
entriegelt dir das Jenseits aller Sterne.
Allmacht entäußert sich, zu neuer Findung
bereit, in der Naturgesetze Bindung.

Und jauchzendes Verstummen aller Plätze
stürzt in die Aufhebung der Gegensätze.
Entrückung zieht zu längst bekannten Sphären
hinan, um mit dem Urbild eins zu werden.

Descensus

*V*om höchsten Thron herabgestiegen,
gebunden an die Endlichkeit,
wählt höchste Macht irdische Breitengrade:
Elend: Not und Leid –
kein temporäres Sich-Bekriegen
und kein spektakuläres Siegen;
kein Herrschen über Raum und Zeit –
dafür bescheidnes, stilles Wiegen,
den Mangel: Preis der Endlichkeit.

Weihnachten der Post-Moderne

Ein Nichtiges der Wissenschaft
und der neutralen Position –
ein Sieg der Manipulation
dem Mächtigen, voll Lebenskraft,
um den sich Zeitenspiegel drehn –
ein Dorn im Aug ohn' Unterkunft
der allzu kritischen Vernunft,
der Zünfte, die da Zweifel säen.
Das Jenseits der beschrittnen Bahnen
im Weltgetümmel stolzer Zeiten
befreit der Krypten Hochgesang,
der Tiefe Glanz lässt aus dem Ahnen
schlichten Hoffens Handlung leiten –
Nahrung – Salbung – Sphärenklang.

Evolutionäre Häppchen zur Bescherung

*U*rsache aller Verdichtung:

Faszination –

sich gebärend als Resonanz –

zur Gravitation,

zu Teilchen und Welle,

die aus dem Kleinsten erblüht,

erwachsend: zu Sternenstaub;

Leben, wuchernd zum Thron

des Bewusstseins –

Streben nach Weisheit,

das Welten durchglüht:

Werden des Kosmos –

Weltformel – Weihnachtslied.

Elementar-Teilchen zum Weihnachtsabend

$\mathcal{W}$o Quanten im Jenseits der Herrschaft verwalteten
Raum-Zeit-Kontinuums Welten gestalten,
aus Strings sich der Ursprung der Dimensionen gebiert,
die Grenze des Strebens nach letzter Erkenntnis berührt –
wo dort, zur Entäußrung herangereift,
uns der Kryptentiefe Gewissheit ergreift
und Wissen im Glanz der Erinnerung
sich offenbart als Mysterium,
wird eine Weltformel, die das Bewusstsein durchglüht,
getragen von der geweihten Nacht Hohem Lied.

Intermezzo

Die vier Temperamente für Kinder

*P*hlegmatiker, am Essen oder Schlafen,
regt nie was auf. Träge und stumm
sitzen sie rum, nichts kann sie strafen.
Die nehmen keinem etwas krumm.

Der *S*anguiniker mit strahlender Stirn
betritt mit großen Augen
den Party-Raum. Er will gefallen.
Zu Small Talk, Aufheiterung taugen
mag er, quasselt ungeniert,
liebt alles, was schön glänzt und ziert.

Der *M*elancholiker, im Traum
versunken oder denkerisch
am Werk, schleicht schweigend durch den Raum.
Des Lebens Glück lässt ihn im Stich.
Er sinnt, er träumt, er denkt zu tief.
Ihm geht am Tag so manches schief.

Wenn der *C*holeriker das Wort ergreift,
dann bebt das Party-Zelt;
denn er herrscht über Menschen, Ort
und Stadt und Kreis. Sein ist die Welt.

()I()I()I()I()I()I()

An alle Hundehalter

*L*ass dir vom treusten der Gefährten
nur einmal in die Augen schaun –
und du entdeckst: es gibt auf Erden
bedingungsloses Urvertraun.

Finale

Die lieben Verwandten

[1]„Herr Sturm hat gar ein lustig Kind,
Das kann schon wacker laufen;
Das junge Stürmchen tät man Wind
Vor langer Zeit schon taufen."

So stellt's, gepaart mit Witz, Humor,
im Schulbuch uns der Dichter vor. –
Dem Vater Sturm war es wohl eigen,
Verwandtschaft – peinlich – totzuschweigen.

Der große Bruder dieses Kleinen –
man könnt ihn in der Tat beweinen.
Man sagt ihm nach: früh zog er aus.
Das ist nicht wahr – er flog hinaus.

---

[1] Georg Christian Diefenbach, Das junge Stürmchen, in: Lesebuch für Bürgerschulen, Teil 2 (Hrsg. August Lüben, Carl Nacke 1905) S. 99

Wenn Vater Sturm die Stimm erhoben:
„Im Haus kann hier nur einer toben!" –
macht' sich der Sprössling gar nichts draus.
Es gibt ja noch manch andres Haus.

Sein Haus ist groß, für ihn bestellt –
es ist der Norden, ist die Welt.
Zu Nordsee-Inseln zieht's ihn hin,
Sylt trieb er fast in den Ruin.

Letztlich ist Deutschland ihm zu klein.
Auf manches Spiel lässt er sich ein,
kehrt leider viel zu oft zurück
und bringt dabei gewiss kein Glück.

Natürlich hat er viele Namen –
gar beispielhaft – 'Kyrill' – das Amen –
das postuliert er ganz für sich,
der 'Herrliche', gar fürchterlich.
Fern dem Kalkül und nah dem Wahn
entblößt er sich – der Herr Orkan.

Sein Schwager aus Amerika –
ein Anblick, der die Furcht gebar,
zerstört, vernichtet unumwunden
ein Haus, ein Bauwerk in Sekunden.
Kein trautes Heim, kein Eldorado
verschont der wirbelnde Tornado.

Nicht limitiert, nicht eingeengt
auf kleine Räume, kurze Dauer,
regieren Mächte, unbeschränkt,
vor denen nicht Palast, nicht Mauer,
nicht Landschaften gesichert sind.
Sturm und Orkan und Wirbelwind
sind als belanglos anzusehn,
sind Stümper gegen Hurry Kan.

Furcht zerrt an Kontinent und Landen.
Es lässt sich bei den überreifen
Taten solch nobler Star-Verwandten
das Schweigen Vater Sturms begreifen.

Zweimal zwei

Es hat der alte Dorfschullehrer
genügend kindliche Verehrer
noch heute. Wenn man ihn befragt,
weiß man, dass er die Wahrheit sagt.
Er hat gewiss zu jeder Zeit
Antwort auf ein Problem bereit,
das er dann gerne diskutiert. –
Man spricht ihn an, ganz ungeniert:
„Gestatten Sie, Herr Müller-Mai,
verraten Sie uns, wieviel zweimal zwei ist." Müller-Mai erstaunt,
zwar offensichtlich gut gelaunt,
für solche Spielchen nicht geboren,
schreit 'vier' den Frechen um die Ohren,
die Fragen stellen, allzu dreist,
dazu noch ohne Witz und Geist.

Es treffen unsre Frager dann
im Grenzweg auf Herrn Liebermann.
Der Ingenieur für alle Fälle
ist mit dem Rechner stets zur Stelle.
Auf jene Frage 'zweimal zwei?'
führt auch bei ihm kein Weg vorbei
an seiner Technik. – 's ist zum Schrei'n –
die Antwort ist: *'drei-Komma-neun-*
neun-neun-neun-neun-neun-neun-unendlich' –
das klingt nicht städtisch, klingt nicht ländlich,
doch merkwürdig für 'n Mann vom Fach!
Dem fiel der Rechner in den Bach
und nichts mehr konnte funktionieren.

Bei weiterem Umherspazieren
begegnet Dreistein jener Gruppe,
der Physiker, der manche Suppe
versalzen manchem Dilettant.
Auf 'zweimal zwei' löst elegant
Max Albert Dreistein das Problem,
antwortet lässig und bequem:
„'s ist fern von Cosinus und Sinus –
's ist *vierhundert mal zehn hoch minus*

zwei – das ist doch super simpel;
tschüss bis nachher 'Im goldnen Wimpel'!"
Sie rücken der verruchten Kneipe
gemeinsam ungestüm zu Leibe
und treffen, auf dem alten Fas-
se sitzend, Klaus, das Mathe-Ass.
Die Frage nach der Star-Liierung
der schlichten Zweier-Potenzierung –
die simple und multiple Frage –
beansprucht drauf zwei volle Tage
Beherbergung im Kopf von Klaus. –
Dem Fass schlägt's fast den Boden aus,
wenn Kläuschen, angelehnt bequem,
'rumlallt: „Lösbar ist das Problem." –

Kein Einspruch wird zunächst erhoben. –
Doch als der Stephan von dort oben
den steilen Berg herunterrennt,
gibt's nichts, was ihn vom Knobeln trennt. –
Erkenntniskritiker vom Scheitel
bis zur Sohle – pirscht er eitel
sich ran, entknotet manches Band.
Was knifflig scheint, zieht er an Land.

Die alte Frage – ungestillt
mit Schwung und Tatkraft ihn erfüllt.
Er äußert sich ganz nebenbei,
dass das Problem nicht lösbar sei,
wenn man nicht die Objektwelt fliehe
und sie gebührend einbeziehe.
Relativistisch äugten Blicke:

„In den Objekten steckt die Tücke –
von Denkern und von ihresgleichen
wohl nur im Ansatz zu erreichen" –
so lauten seine Worte. „Höre,
schau hin, auf dass der Sinn dich lehre,
dass da die Vier in dir gefangen
ist, nicht an die Luft gelangen
kann – nach draußen, in das Reich,
in dem da keins dem andern gleich. –
Probleme tauchen auf in Gassen
dort, wo die Sinne uns verlassen.
Manche Partikel sind so klein –
man schließt auf sie, man schaut nicht rein.
Wenn an den Kern, kompakt, verdichtet,
die Frage 'zweimal zwei' sich richtet,

dann ist die Antwort nicht so leicht.
Die Vier verflüchtigt sich, es weicht
die Masse dort dem Wo und Wie
und wird zur Bindungsenergie –

ein Reinfall für den überreifen
Verstand – er hat nichts mehr zu greifen!
Die Welt versinkt, Steuer samt Schiff –
die Vier – sie bleibt dir – als Begriff,
der – von dem Phänomen verachtet –
gequält im eignen Ich verschmachtet."

So musst du letztlich leider dir verkneifen:
die Welt – dein Gegenüber zu begreifen.

Die fünf Beleidigungen der Menschheit

Erspart euch Stimmen, Atem, Lungen,
erspart euch, die Beleidigungen
der Menschheit, aller ihrer Launen,
fixen Ideen auszuposaunen! –
Hier seien nach Kriterien
des Fortschrittes Mysterien
und Kult aufs tote Gleis gestellt. –
Fünf Arten seien auserwählt,
die als Beleidigungen schweigend
dennoch den Fortschrittsgeist bezeugen. –
Dem Menschen wird er zur Erkenntnis,
es führt zu endgült'gem Verständnis
ihn des Progresses weiser Rat:
dass er nicht viel zu halten hat

von Weltbildern – über Gebühren
dogmatisch – von den Star-Allüren
des Intellekts, der großen Gabe,
wie vom Weltanschauungsgehabe.

Wie war der Mensch im Mittelalter
einst stolz als Amtsträger, Erhalter
des alten Weltbilds. Ganz inmitten
des Weltalls schien ihm unumstritten
der Erde Platz – ein ‚geozentrisch'
Bild vom Kosmos – theozentrisch –
ekklesiologisch ausgerichtet. –
Als Ketzer, unterbelichteter Abtrünniger galt,
wer's wagen wollte, beherzt zu hinterfragen,
was – in Berufung auf die Griechen –
sich in des Menschen Hirn geschlichen,
von Klerikern herangezogen
und da skurril zurechtgebogen
wurde. – Wenn als Häretiker
ein solcher – fern von Ethik – er
von Würdenträgern ungeniert
entfernt und exkommuniziert
wurde, hatt' er noch großes Glück. –
Das Leben zeigt' manch Gegenstück:
Man ließ durch Feuersbrunst und Flammen
zu Lebzeiten manchen verdammen,
der nicht die Erd' als Mittelpunkt

des Universums pries. – Vernunft
erhob sich, drängt' zur Wendigkeit
und forscher Eigenständigkeit. –

Das Dogma riss mit hartem Griff
das Ruder an sich samt dem Schiff,
um die Besatzung wohl zu leiten,
fern des Gedankens Eigenheiten.
Wer bracht' zu solcher Zeiten Lauf
den Mut des Galilei auf! –

Ein Wunder ist's, dass das bekriegte
Weltbild doch zuletzt besiegt,
die Sonne, allen Ruhmes wert,
strahlend zum Mittelpunkt erklärt
wurde. – Einzugestehn die Schmach,
dass unser irdisch Erdgemach
nicht Zentrum ist, nicht feste Mitte,
fiel schwer und lässt bis heut den bitt'ren
Nachgeschmack uns angemessener
Demütigung nicht vergessen.
Dem Menschen künftig zur Belehrung

ward seine Nichtigkeitserklärung –
allein dem Forschenden genehm:
das heliozentrische System. –

Es hatt' bei solcher Anerkennung,
bei Korrektur und Neu-Benennung
Ekklesia ihre Schwierigkeiten
bis Rom, das lässt sich nicht bestreiten.

Nach dieser schlimmen Niederlage
nistet' sich bis zum heut'gen Tage
'ne weitere Beleidigung
ein in unsre Erinnerung.
Die böse Zeit der unerhörten
Erkenntnisse des aufgeklärten,
aufklärerischen Geists entfacht' sich
mit siebzehnhunderteinundachtzig,
dem Jahr, in dem der Uranus
entdeckt und gar zum guten Schluss
nicht nur für die Gelehrenzunft
Kants 'Kritik der reinen Vernunft'
erschien. Es brachte diese Wende

transszendentalen Denkens Hände
zum Ringen, über allen Teufeln
und Engeln Hirne zum Verzweifeln,
die Theologen gar zum Stöhnen:
hatten sie sich dran zu gewöhnen,
dass Gott von diesem Zeitpunkt an
als nicht beweisbar gelten kann,
ja gelten muss für den defektiv
wohl begrenzten Intellekt
des Menschen, dass – in allen Ehren –
Beweise auf den Müll gehören,
die ohne Zaudern sich und Zagen
an Metaphysisches ranwagen.
Von Freiheit, Gott, Unsterblichkeit
wisse – zu der Experten Leid –
nicht des Verstandes enge Haube. –
Die praktische Vernunft, der Glaube
und der Entscheidung weiser Rat
erwuchsen so zum Postulat. –
Der Mensch – in seines Wissens prachtvoller Gewissheit –
musst' als machtlos sich erkennen: jenen Geist,
um den das Universum kreist,

als über irdischem Verständnis
annehmen – jenseits der Erkenntnis. –

Auf dass die Schmach vollendet sei,
stellt uns die Kette mit der Drei,
der dritten der Beleidigungen,
den Umsturz jenes schwer errungnen
und erzwungnen Weltbilds vor. –
Der Biologe tritt hervor,
kühn, evolutionär – wen wundert's:
Darwin, des neunzehnten Jahrhunderts
verwegner Geist, der Thesen wagte,
Konventionelles hinterfragte,
eine dem Menschen aufgezwängte
Auffassung als das eingeengte
Produkt der Tradition aufwies. –
Was man bisher als Krone pries
und über allen Gipfeln stehend –
vom Sockel fiel 's herab. – Zu sehen
der Wahrheit Spur in der Natur
galt's nun, befreit von Zweifels Spur.
Der Funde Vielfalt, überzeugend –

wegdiskutieren oder leugnen
konnte man nicht. – Man zog den Schluss:
Der Schöpfer, bis zum Überdruss
in Schöpfungsakte einst verwoben,
hat sich nicht eigens selbst erhoben,
um nach Ideen, ihm eignen Normen
das Allerletzte auszuformen.

Nicht eines Schöpfers hehrer Ruf
gebar den Menschen – denn hier schuf
Mutter Natur mit viel Humor
und brachte die Gestalt hervor,
so ganz ohne sich zu genieren
aus Vorfahren auf allen vieren. –

Es drängt' der Theologen Sinn
zu der ihm eignen Deutung hin:
dass man des Menschen innewohnenden
Geist so tierisch zu entthronen
versucht hatte, war unverzeihlich.
Dem Wissenschaftler wurde freilich
bei dem, was er da angerichtet,

viel Teuflisches so angedichtet.

Dass wieder Amtsträger von Macht
und Würden Gott zu klein gedacht,
sollt später dann – in allen Ehren –
getrost uns die Geschichte lehren.

Wenn Beleidigung Nummer vier
sich einschmeichelt in das Revier,
wird übers Ziel hinausgeschossen. –
Wie Pudel stehen wir, begossen,
unmündig, der Verantwortung
bar, wenn ein neuer, mächt'ger Schwung,
was sich ‚'Kultur' nannte, verdammt,
als Zwang erklärt, der Menschen lähme,
ständig an die Kandare nehme. –

Es lehrte dieser Beleidigung
Inhalt, dass wir – ob alt, ob jung,
ob homo sapiens – höchstes Tier –
hineingepfercht im Trend des Wir,
durch die Kultur kein Glück erfahren –

dem Es entfremdet im Gebaren
wir Freud und Lust nur unterdrücken,
statt uns ganz zwanglos zu beglücken. –

So ward nicht mehr die Macht der Liebe,
doch die Befriedigung der Triebe –
Öffnung des Buches aller sieben
Siegel von nun an groß geschrieben. –

Der Angriff auf des Menschen Geist,
der Triebbefriedigung verheißt
und Laster schmackhaft macht, erfreute
sich der Beliebtheit bei der Meute. –

Mit Freud trieb man so die 'Veresung'
bis hin zur geistigen Verwesung.
Juristen konnten jede Horde
Verbrecher von der schlimmsten Sorte
zum Freispruch führ'n mit Argumenten,
dass deren Tun, an allen Enden
und Ecken gänzlich triebgebunden,
so niemals hätte stattgefunden,

wenn jene, wohl gekürt in Ehren,
Menschen des freien Willens wären.

Es blüht, gedeiht und wächst mit Freud
solche Gesinnung, prägt bis heut
mit Hypothesen bis zum Frust
über des Menschen Glück und Lust
und Freiheit von den alten Normen
verschiedenste Gesellschaftsformen.

Es strampeln Söhne sich und Mündel
zu akademischem Gesindel
empor, belehrt durch solche Lehre,
die Menschen von Gebot und Ehre,
von Schuld und von Verantwortung
freispricht. – Dass die Erinnerung
uns wachruft, wie ein frischer Wind
uns einschärft, wer wir wirklich sind,
bleibt nur zu hoffen. – Wenn die Welt
Beleidigung fünf überfällt
und Menschen lehrt, dass ihre Erde
in dem Kulturprozess 'Es werde!'

noch ganz am Anfang steht, wenn dann

der 'Schöpfung Krone' lernen kann

von Wesen, die aus weiter Ferne

sie aufgesucht, mögen die Sterne

der Hoffnung wieder neu erstehn

und Menschengeist

nicht untergehn!

Gedichte

auf der Grundlage von Fabeln

Vorwort

Wolfsgeheul durchdringt das Haus, die Gassen,
wenn der Vierbeiner sich einsam fühlt,
von Herrchen, Frauchen ganz allein gelassen.
Kaum treten sie den Rückweg an, schon hüllt
er sich in Kindsgewand, beäugt den Knauf.
Feststeht: der Hund –
er schaut zum Menschen auf.

Der kleine Tiger mit dem smarten Fell
liebt seine Freiheit, schleicht verschmust ums Bein,
umwirbt sein Personal an rechter Stelle,
schnurrt und putzt sich, setzt geschmeidig fein
sein Outfit ein, fühlt sich auf luft'gen Wegen
gewagter Sprünge Menschen überlegen.

Das Schwein –
gefräßiger Missachtung würdig –
fühlt sich dem Menschen, ach,
so ebenbürtig.

(frei nach Churchill)

Der Löwe und die Maus

(nach einer Fabel von Aesop)

So klein, verschmitzt, behänd im Spiel,
erleben sie ihr Hochgefühl,
umschleichen im Triumpf die Tatzen
der größten aller wilden Katzen,
umtanzen – ach, wie dreist, wie affengeil –
vergilbtes Fell des schlafenden Prachtgebildes jener Kraft,
die Ordnung dort im Tierreicht schafft –
von Sieg, von Macht, Noblesse umwittert,
vor dem die Tierwelt bebt und zittert.
Wo mutwillig, vor Lachen krumm,
die Mäuse auf dem Leu herum
im Wirbel kreisen, Zoten reißen,
da kann es gar nichts Guts verheißen,
steht, was sie von der Zukunft trennt,
auf wackeligem Fundament. –

Und schon geschieht es – was keiner gedacht:
Der Löwe, urplötzlich vom Schlafe erwacht,
er hält in den Pranken 'ne zappelnde Maus,
gibt ihr zu verstehen: das Spiel ist aus. –
Der Mut der Verzweiflung, es werde sich lohnen,
ihr kleines, armseliges Leben zu schonen,
ist's, worauf das Mäuschen zu guter Letzt
Vertrauen und Glauben und Hoffnung gesetzt. –

Es treten Argumente zutage,
zu denen sie sonst niemals in der Lage
gewesen wäre. – Gleich einem Helden
verspricht sie mit Nachdruck, die Tat zu vergelten.
Wenn einst das Leben des Leu in Gefahr
sei, dann gelte ihr Wort – ein Versprechen –
fürwahr. –
Schon spürt man ein herzerquickendes Lachen,
des Noblen Großmut sich jäh entfachen.
Er räuspert sich, schmunzelt und flüstert still,
er halte dies für 'nen gelungenen Deal. –

Die Zeit vergeht – und Ruhm und Ruh
und Kraft des Mächt'gen nehmen zu.

Sein Ansehn wächst. Von Tag zu Tag
genießt sein Löwenstolz, von Plag
befreit, des Lebens Glück und Glanz.
Von Ehrerbietung, Siegeskranz
umjubelt, treibt er auf der Pirsch
sein Jagd-Spiel, reißt er Wild und Hirsch,
beginnt sich mächtig auszutoben
und macht sogar vor Antilopen
nicht Halt. – So kommt's, wie's kommen muss:
vor Übermut zum guten Schluss
wird er – der frei von Furcht und Bangen –
vom Netz der Jäger eingefangen. –

Vergeblich ist alle Müh, kein Erheben,
kein stolzes Verlangen nach Freiheit zu streben,
nicht Anstrengung, trotziges Aufbegehr'n, Kraft,
nicht Prankenhieb, Biss und nicht Leidenschaft
vermögen des Schicksals Ketten zu sprengen.
Die Schlingen – sie scheinen sich zu verengen,
mit jeder Bewegung noch fester zu werden. –
Bei allen getätigten Taten auf Erden –
wie würde er doch – könnt er nur zurück –

die Schwachen verschonen,
zu Wohlstand und Glück
den Armen verhelfen und lauter und rein,
von Eigennutz frei ihr Wohltäter sein. –
Besonnen, beschäftigt mit solchen Gedanken,
verspürt er den Einsturz, das Zittern, das Wanken,
das Flackern im Jenseits des Reiches der Schätze,
ein Licht über bodenständ'ge Gesetze
des Darwinismus hinwegleuchten, funkeln
und näher rücken und sprechen im Dunkeln.

Ein Wesen – ihm ganz nahe – spricht
mit klarer Stimme: „Fürcht dich nicht!" –
Ein winzig Wesen in den Tagen
der Not beginnt am Netz zu nagen. –
Ja – er erkennt, wer ihn belohnt:
es ist die Maus, die er verschont.
Die Masche fällt, die Fessel reißt –
die Freiheit ihn willkommen heißt,
der jenem, der da schwach, verarmt,
voll Großmut sich dereinst erbarmt.

Der kriegerische Wolf

(nach einer Fabel von G. E. Lessing)

Ein Wolf – durchaus noch jung an Jahren
und unbedacht und unerfahren,
rhetorisch ungeübt und blind
dem, was da wirklich Werte sind,
gegenüber, Widersachern
und Schurken, Lumpen, Meinungsmachern
meist ausgeliefert – hatte eben
nichts Eigenes in seinem Leben,
das er vollbracht, das ihn erfüllt. –
Gar oft hatt' er sich aufgespielt,
des ehrenvollen Vaters Sohn
zu sein. – Kein starkes Mirophon,
dem Streitgespräch bis zum Zerwürfnis
huldigend, war dem Bedürfnis,
das ihn da umtrieb, angemessen. –

Fanatisch wurde er, besessen,
wenn er mit Papis Taten prahlte
und lustvoll sich im Glanze aalte. –
Als Kämpfer sei, in allen Ehren –
so konnt' man seine Worte hören –
der Vater Wolf einst aufgefallen,
dass heut noch Chronik und Annalen
von kühnen Heldentaten zeugten,
zudem genau Details beäugten.
Zweihundert Feinde habe er
besiegt, ihnen auf Wiederkehr
jedwede Möglichkeit geraubt –
und keinem habe er erlaubt,
das Feld der Ehre zu betreten.
Er habe sie auf Tod und Leben
bekämpft, bezwungen und vernichtet. –
„Doch was die Chronik nicht berichtet",
fällt Reineke ihm hier ins Wort,
dass Vater Wolf in einem fort
nur Schaf und Esel angefallen,
nur Wesen ohne Biss und Krallen. –

„Doch als er sein Revier erweitert",
so spricht der Fuchs, „ist er gescheitert
und keineswegs in Seelenfrieden
vom Schein der schönen Welt geschieden.
Der Stier, an den er sich gewagt,
hat ihn gebändigt, ihn geplagt,
ist zum Verhängnis ihm geworden.
Doch davon schweigt man allerorten."

Maulwurf und Igel

(nach einer Fabel von Aesop)

Kalt war der Winter, kalt und bitter. –
Nicht Unterschlupf, nicht Zaun noch Gitter,
nicht Blätter, Polsterung aus Moos
konnten ein solches hartes Los
gefrorner Spiegelung erweichen. –
Die Wärme – selbst unter dem reichen,
dem Körper eignen, dichten Fell
gespeichert – wurde gar zu schnell
verbraucht in diesen frost'gen Tagen.
Sich prügeln, kämpfen, um sich schlagen
half nur bedingt. – Ein junger Igel
versucht' des Schicksals eisern Siegel
mit List gezielt hier zu durchbrechen.
Er bat mit keckem, beinah frechem
Ton den stolzen Hausbesitzer
und schmeichelt' ihm, es sei die ritterlichste,
edelste der edlen Taten,
wenn er der schlauen Nachbarn Rat

vergesse und für eine Weile
sein Haus mit ihm, dem Armen, teile. –
Der Maulwurf war sofort bereit;
ihm tat der arme Igel leid,
der nicht den Pelzmantel des Bären
besaß und sich gewiss nicht wehren
konnte, auf vereisten Flächen
wieder und wieder einzubrechen
begann. – So zog das Stacheltier
ins Haus des Maulwurfs ein.
Revierabgrenzung gab es dann für ihn
nicht mehr. Des Unterfangens Sinn –
er drängte nach Erweiterung.
Der üblen Lust Erheiterung
erkannte keinen Hausherrn an.
Die Stacheln spürte jeder dann,
wenn er in seine Nähe kam. –

Als einst der Igel, voller Harm,
das Bild des liebenswerten, blassen,
geschwächten Wesens hinterlassen
hatte, hieß man ihn willkommen. –
Der Platz, den er nun eingenommen,
er rückt' ins Jenseits der Manieren.
Den Hilfsbereiten ließ er spüren,
wozu er in der Lage war.
Dem Maulwurf ward er zur Gefahr;
denn täglich machte er sich breiter,
sein Anspruch wuchs, und er ließ weiter-
hin Stich und Stachel den empfinden,
der sich mit ihm anzubinden,
ihn gar zu ermahnen wagte.
Jeder Mitbewohner klagte.
Der Maulwurf wagt' es kaum, dem frechen
Gast von Kündigung zu sprechen. –

Voll trickreich unverschämter List
entpuppt der sich als Darwinist,
der einstmals Mitleid zu erwecken
verstand. Er spricht mit forschem, keckem,
geübter Stimme Unterton,
dass wohl in solcher Situation
der ausziehn soll, der sich beklagt
und dem das Wohlgefühl versagt. –
Er selbst hab endlich den gesunden
Lebensraum für sich gefunden;
und keiner wag' es, ihm zu Leibe
zu rücken – hier sei seine Bleibe.

Taube und Krähe

(nach einer Fabel von Aesop)

„Des neuen Frühlings frisches,
junges Leuchten spür ich, tät'gen Schwung.
Schon fühle ich lebend'ges Leben,
schon seh ich über Wassern schweben
der Flügel Kraft, die – noch verhangen –
in meinem Innern wächst.
Voll Bangen, voll stiller Freude treibt das Brüten,
der Drang zu pflegen, zu behüten,
die Brut zu neuem Leben hin. –
Des stummen Lebens stolzer Sinn
erfüllt sich in der Mutterschaft,
ist Weitergabe, Hoffnung, Kraft
des Neubeginns, des Glücks Ernährung,
des Kampfs Gelingen, Sieg, Bewährung." –

Die Worte einer jungen Taube,
des Frohsinns Tatendrang, ihr Glaube
an jedes neuen Lebens Sinn

deuten auf Kraft des Ursprungs hin,
die da dem Frühling der gelungenen
Zielsetzungen selbst entsprungen. –
Argwöhnisch tauchte in der Nähe
gesätes Misstrauen, der Krähe
im Zweifel gestreutes Saatkorn auf,
bracht' Änderung in jenen Lauf
begrünten Keimens der Gedanken.
„Viel Optimismus – fern dem Wanken,
von Skepsis, von der Position
des Zweifels – strahlt dein heller Ton,
o liebes Täubchen, aus. Doch grade
die Welt, in der du lebst, kennt Gnade
nicht" – begann die alte Krähe
zu krächzen. – Aufgezwungne Nähe,
die Rede voller Hohn und Zweifel
hätt' manches Wesen gern zum Teufel
gewünscht; jedoch dazu bereit
war keineswegs die Höflichkeit,
zu der die Taube einst erzogen,
auf Folgsamkeit zurechtgebogen. –
Doch welch ein Gegner, welch ein Vogel,

der da die heile Welt vom Sockel
des hellen Scheins, des Glanzes stürzte. –
„Dein karges Dasein, das verkürzte,
armsel'ge Leben, das du führst,
das du an deinen Kindern spürst,
führt dazu, dass du dir was vor-
machst – im Triumph, im Freudenchor
in lichte Welten dich erhebst
und scheinbar über Sternen schwebst.
In Wahrheit ist dir nicht gelungen,
manch leckre Krümel für die Jungen
im Kampf ums Dasein aufzutreiben. –
Es mag dir zwar die Hoffnung bleiben,
dass fern von Placken, fern von Schinderei
vielleicht eines deiner Kinder
des Ehrenplatzes da teilhaftig
wird, wohl genährt, durch Stütze saftig
aufgemöbelt, in die Gänge
gebracht, im Amt der obren Ränge
als Brieftaube sein Leben meistert. –
Man sieht's, du reagierst begeistert;
doch wisse: durch die Lüfte fliegen

ist dann kein freizeitlich Vergnügen

mehr. Zeitlich-räumliche Begrenzung –

sie schafft des Schattenreichs Ergänzung.

Der Tröstung fern ist die Erfahrung

des Limits – frei von Seelen-Nahrung. –

Was dir im Außenbild famos

erscheint – es ist ein Sklaven-Los."

Berechnung

(nach einer Fabel von Rudolf Kirsten)

*E*in Eichelhäher, kühl, gerissen,
zugleich auch diensteifrig, beflissen,
wenn er im Wald auf Streife ging,
begutachtete jedes Ding,
beäugte jede Kleinigkeit,
ständig zum Kommentar bereit. –
Da fiel ihm bei den siebenhundert
Sachen, die das Tier bewundert,
ein kleines Nestchen, kunstvoll wohl
gestaltet, ausgestattet,
voller Überraschungen im Inneren,
ins Auge. – Ja, Gewinn –
ein Bauwerk, das dem Umfeld zur
Bereicherung geworden. –
Spuren, Pfade kreuzten seine Nähe. –
Des Eichelhähers rundum spähende Blicke
fragten nach dem Eigentümer, nach dem Bauherrn.
Zeigen doch wollt' der sich grade nicht.

„Er ist gewiss ein Bösewicht!" –
begann es – dem Applaus, dem Loben
fern – im Hirn sich auszutoben,
das jenem Amtmann da gegeben,
sein Wort beherrschte, Tat und Leben. –
Was musst er sehn! – Was da entfleucht –
das, wahrlich, hätt' ihm nie gedeucht. –
Voll Lachen rief er, voller Hohn:
„Ein Zaunkönig auf seinem Thron!
Wie armselig und wie verdeckt
er hinter seinem Machwerk steckt!"
Der Eichelhäher flog im Nu
auf einen hohen Felsen zu,
entdeckt' den Vorsprung einer Platte,
den er noch nicht gesehen hatte.
Was fand man dort? – Gestrüpp und Heu
und ein paar Federn – unerfreulich!
Fern vom heimisch Wohlgefühl
schuf nicht der Kunst gelungnes Spiel,
was sich als Mangel jeder Liebe
zur Ordnung bot. – Die Seitenhiebe,
die da der Eichelhäher gradewegs erfuhr –

sie hielten ihn am Pfade,

vom weitren Fluge ihn zurück.

Drei Krähen krächzten vor Entzücken,

dass der Platte stolze Schmiede

hier das Nest des Adlers biete. –

Ergriffnes Schweigen – man verharrte

ehrfurchtsvoll, verstummt, erstarrt.

Der Eichelhäher pries der Stunde Gunst:

„O welch ein Bau, o edles Werk der Kunst!"

Böse Zungen

(nach einer Fabel von Rudolf Kirsten)

Stämmiges Laubwerk, Nadelbäume,
begrünte, lichte Zwischenräume,
dann Baumriesen bis hin zum Wipfel
eroberten des Berges Gipfel.
Des strahlend hellen Frühlings Sonne
Durchglüht' das Glück der Schöpfungswonne;
und es erwuchs im Jubilieren
des Morgenchors ein Triumphieren.
Der Lerche leuchtender Gesang
berückte Höhen, Hügel, Hang. –
Der Höhepunkt der hohen Feste,
auf der sich Waldbewohner, Gäste
versammelten – es war ein Lied –
das Phantasie, Herz und Gemüt
in Bann zog, das die Welt ins Leben,
ins Fliegen, Über-Gipfel-Schweben
rief – war Schwingung, Widerhall:
das Hohe Lied der Nachtigall. –

Im Jenseit'gen des Kommerziellen
gab dieser Klang dem leuchtend Hellen,
dem innren Bild wohl jene Kraft,
die beste seiner Eigenschaften zu entfalten.
Dieser Ton –
jenseits der Habensdimension
und jenseits von Besitz und Stand –
er prägt im Innern Volk und Land –
ist Seelen-Nahrung. – Doch die Nachtigall –
nicht nur Geschöpf der prachtvollen,
erhabenen, hellen Seiten –
sie musst' den Unterhalt bestreiten,
um Knete, Kies und Kohle ringen
und deshalb für die Spatzen singen. –
Doch als sie eines Tags erkrankte,
erschöpft für milde Gaben dankte
und sich zurückzog ein paar Tage,
erhoben Sperlinge die Klage,
die Nachtigall sei nur zu faul.
Nicht Muli, Esel, Pferd noch Gaul
dürften auf Arbeit hier verzichten. –

Ein streng Verurteilen und Richten –
es fordert – fern von Glanz, Applaus
ein armes Wesen so heraus,
dass es mehr leidet als vermeidet
und seine Grenzen überschreitet. –
Beleidigt gab die Nachtigall
der Stimme Kraft zum Widerhall,
obwohl die schwachen Körpersäfte
und des geschwächten Lebens Kräfte
beständig sie zum Einhalt mahnten.
„Es ist genauso, wie wir ahnten.
Doch jetzt hat sie sich selbst bekriegt
und ihre Faulheit wohl besiegt" –
so zwitscherten vom Baum die Spatzen,
und es bedurfte nicht der Katzen,
um hier ein Leben auszulöschen.
Kaum noch befähigt, klar zu sprechen,
sang sie mit ihrer letzten Kraft. –

Sie wurde bald hinweggerafft
von schwerer Krankheit. Große Trauer
kam über Land und Klagemauer.

Der Spatzen Grabrede zum Dank ist:
„Was muss sie singen, wenn sie krank ist!"

Wer hat Recht?

(nach einer Fabel von Rudolf Kirsten)

Der Wahrheitssuche auf der Spur
wird animalische Natur
hier zur Betrachtung vorgesehen.
Beim Schnelltest seinen Mann zu stehen –
dazu sind die verschied'nen Stufen
des Tierreichs heute aufgerufen. –
Es ist, wie's ist, wie's sich verhält,
dass der die erste Frage stellt,
der strotzt vor Wohlgefühl der Masseteilchen,
die ihn weder Klasse
noch Anmut in bescheid'nen Maßen
in seiner Welt erstreben lassen. –

Ein zierlich Blümchen, das in seiner Mitte
einen kleinen weißen Kranz enthält,
ist Gegenstand
des Tests, bevor die Regenwand,
die sich verdichtet, niederprasselt. –

Das Schaf, das döst, doch gerne quasselt,
greift nach Verstärkern, sucht die Boxen,
wagt eine Antwort vor dem Ochsen
und blökt – ganz fern von Witz und Biss –
dass jenes eine Tulpe ist. –
„Ein Veilchen", meckert aus der Wiege
heraus die kleine Meckerziege. –
„Ein Gänseblümchen" – sagt das Pferd,
das allen bald den Rücken kehrt. –
Des Ochsen Stimm gewaltig dröhnt;
ganz ungeschminkt und ungeschönt
bekennt er sich ganz offenbar
zu seinem eignen Kommentar,
in dem er völlig ungeniert
als Rose identifiziert,
was er am Wegrand da gesichtet. –

Die Tiere schweigen; es berichtet –
sei es öffentlich, sei's heimlich –
von diesem Vorfall keiner – peinlich! –
Ein Fuchs, der zufällig des Wegs
geschlichen kommt, wird gradewegs

um seine Position gebeten.
Er spricht verschmitzt und frei von Nöten,
den Schalk im Nacken, schlau und listig:
„Der Ochs hat Recht! Denn dieser rüstige
Geselle ohne Speer und Schild
hat schließlich ja am lautesten gebrüllt."

Die Teilung der Beute

(nach einer Fabel von Aesop/Luther)

*E*s hatte sich einst zugetragen,
dass Löwe, Esel, Fuchs zum Jagen
gemeinsam in die Wälder gingen,
geschwind sich einen Hirsch einfingen.
Sogleich befahl des Wildbrets Teilung
der Löwe. – Eifer nebst Beeilung
legte der Esel an den Tag. –
Geschmackvoll zubereitet sage
die Speise königlichem Haupt
gewiss auch zu. – Doch was erlaubt
sich da der Arithmetik Meister! –
Aktion der weltfremd-blinden Geister –
das kann die Lebenszeit verkürzen
und blindlings ins Verderben stürzen. –

Drei gleiche Teile konnt' man sehen.
Da war's auch schon um ihn geschehen.
Der Löwe zog sekundenschnell
über die Ohr'n ihm Haut und Fell,
befahl dem Fuchs, sich zu beeilen,
sofort das Wildbret neu zu teilen. –
Der Fuchs stieß die drei Teile wieder
zusammen, kniete höflich nieder
und überreichte dann diskret
das Ganze seiner Majestät;
ja, in der Tat, nicht grad mit Freude
gab er ihm die gesamte Beute. –

Darüber lachend sprach der Leu:
„du bist ein Diener, klug und treu,
ein Mathe-Ass! – Wer lehrte dich
so gut die Kunst des Teilens, sprich!"

Der Fuchs kam ihm im Ton entgegen,
war um die Antwort nicht verlegen:
„Der Doktor dort im rot Gewand;
ja – Esel gibt's genug im Land."

Der Krebs und die Krähe

(nach einer russischen Fabel)

Überm Meer fliegt eine Krähe,
schaut sich um in Bodennähe
auf der Suche nach 'nem Happen.
Von Gewissen fern, von Wappen,
die das Feld der Ehre schmücken,
Kampfgeist, Tatendrang beglücken,
dient ihr primitives Streben
lediglich dem Überleben. –
„Happ!" – ein Krebs – man sieht ihn kaum.
Schon will sie auf einen Baum
flattern, fliegen – voller Freude –
mit 'nem leckeren Frühstück heute;
doch der Krebs in ihrem Schnabel
spricht: „Das ist ja ganz passabel,
wie du so dein Leben meisterst.

Deine Eltern war'n begeisterte Flieger,
schwebten übers Land,
bewundert und berühmt. Bekannt
war'n deine Brüder, deine Schwestern.
Es war der Lebensstil von gestern,
den sie für lange Zeit geprägt. –
Doch wer dich sieht, der überlegt
und er entdeckt nach kurzer Frist,
dass du doch die Gescheitste bist." –

„Aha!" entfleucht's der stolzen Krähe. –
Sie fliegt nicht mehr in Bodennähe.

Der Krebs fällt aus dem Schnabel, heiter,
verbuddelt sich im Schlamm – lebt weiter.

Steigerung

(nach einer Fabel von Rudolf Kirsten)

*D*es hellen Morgens milde Luft,
erblaut, erfüllt von Blumenduft,
lässt Lerchenlieder klingen. Eigen
den Finken, nistend auf den Zweigen,
beharrlich ins Gespräch vertieft,
ist ihre Position: geprüftes
Umfeld ihrer Übersicht. –
Und so erstatten sie Bericht
und schließen mit dem Kommentar:
„Es gibt nichts Größeres – fürwahr –
als unsre Eiche, die uns Platz
und Hort und Heimat ist. Kein Schatz
kann solches Wohlgefühl ersetzen,
kein Feind uns schaden, uns verletzen." –

„Beendet euer Hochgebet –
ein Teil des Walds, in dem sie steht,
ist eure Eiche – und nicht mehr!" –
so äußert sich im Luftverkehr
nun Meister Rabe, hat von oben
den Überblick. Den Wald zu loben
steht ihm zu. Was er erblickt,
hat Aug ihm und Gemüt erquickt. –
„Ein grünes Fleckchen auf der Erde,
ins wechselhafte Stirb und Werde
eingebunden, ist der Wald –
ein Teil des Erdballs – junge, alte,
starke, schwache Kreaturen,
animalische Naturen
überdauernd" – schallt's aus Höhen. –
Jenes wachende und sehende Aug
aus königlichem Adel –
Freiflug fern von Falsch und Tadel –
frei von Darben, von Entbehren,
kann dem Adler nur gehören. –

„Bau ist alles und Baustein zugleich" –

flüstert die Eule aus nächtlichem Reich.

„Die Grenze der kosmischen Dimensionen

mag letztlich irdische Weisheit verschonen.

Das Werk, in welches das Weltall gefügt,

bleibt namenlos. – Glückhaft und unbesiegt

bewahrt, was hinter dem Wesen des Scheins

sich birgt, den Ursprung, die Quelle des Seins."

Die Elster und der Rabe

(nach einer Fabel aus Russland)

Die Elster in des Baumes Zweigen,
die momentan nichts vorzuzeigen
hat, weder Silber noch Geschmeid' –
das tat ihr gar von Herzen leid –
flattert umher, ist nur am Schwatzen,
dünkt sich der Tatzen böser Katzen
weit überlegen. – Zu dem Raben,
der an dem Plausch nicht teilzuhaben
gewillt ist, sagt sie: „O Freund, so sprich,
warum bist du so nachdenklich?" –
Der Rabe antwortet darauf:
„Ich will nicht deines Tags Verlauf
hier unbedingt jetzt kritisieren.
Doch wirst du's noch im Leben spüren:

Wer schwatzt, hat viel dazu zu lügen,
lügt bald, bis sich die Balken biegen,
betrügt sich selbst von früh bis spät,
vor allem, wenn es darum geht,
die eignen Ängste zu kaschieren,
als Könner sich zu profilieren,
das Lügenlied sich vorzugeigen:
als unbesiegbar sich zu zeigen."

Vom Hunde im Wasser

(nach einer Fabel von Aesop/Luther)

Erfrischt und ausgeschlafen, wach,
lief Jessie flink durch einen Bach.
Sie war gewiss ein treues Tier,
verteidigt' Haus und Hof, Revier.
Sie sputete sich, war nicht faul;
sie trug ein Stückchen Fleisch im Maul,
auf das sie sich schon merklich freute.
Es war für sie ein Festtag heute.
Bei Herrchen, Frauchen roch 's nach Braten –
ganz herrlich, saftig, wohl geraten;
'nen Frühstückshappen trug sie fort
und suchte sich 'nen stillen Ort,
um dort genussfreudig zu speisen.
„Was war das?" – Sich hier loszureißen
gelang ihr nicht. Ein freundlich nasser
Schauer lief ihr übern Rücken.
Des eignen Spiegelbilds Entzücken
hatt' sie ihr Lebtag nicht gesehen.

Es zog sie an; es war zu schön:
noch ein Stück Fleisch trug dieser Hund
da unten auch in seinem Mund. –
Grad will sie jetzt nach diesem Happen
geschwind, behänd, begierig schnappen,
als ihr des Baches Wiegenlied
den eignen Bissen schon entzieht
und auch ihr Spiegelbild verscheucht. –
Wie sehr man sich doch manchmal täuscht!

Die Hunde

(nach einer Fabel von G. E. Lessing)

Ein Pudel, sehr gepflegt, verwöhnt
und immerwährend angelehnt
an Frauchens Geldbeutel, berichtet,
bewertet Handlungen, gewichtet,
vergleicht die Taten mancher Rassen,
letztlich die Hunde aller Klassen,
sagt, dass die Vierbeiner im Land
hier ihr Können in den Sand
gesetzt, verzärtelt und verzogen
zu Schoßhündchen zurechtgebogen. –
Die Städte Indiens habe er
bereist und voller Kühnheit ehrenvoll
den Kampf des Hundes gegen
den Löwen auf den weiten Wegen
der großen Reise wohl erfahren.

Welch' Fähigkeit und welch Gebaren
und wie viel Kampfgeist, Mut und Kraft,
welch' vorzügliche Eigenschaften
solchen Hunden eigen sei,
führ wirklich aus dem Einerlei
des Wohlbehüteten hinaus,
der lediglich den Hof, das Haus
bewache. – Harry sonnt sich drauß'
neben seinem Jagdhund-Haus.
Er wirkt gesetzt, doch unbeschwert;
und oft ward dem, der auf ihn hörte,
wohl an manchen düstren Tagen.
Unglück, Lebenskampf und Plagen
konnt' er freilich nicht bezwingen.
Doch bei vielen kleinen Dingen,
die oft so entscheidend waren,
konnte man den Harry fragen. –
„Überwinden deine Hunde
Löwen denn in mancher Runde,
die der Kampfgeist abverlangt?" –
fragt der Jagdhund. Schon gelangt
seine Frage an das Ohr

des Pudels. Jessie, die sich vor
der Antwort ganz gewiss nicht drückt,
verneint. „Es ist noch nicht geglückt,
dass je ein Hund ein Leu bezwang.
Bedenke doch, ohn' Angst und Bang
allein den Löwen anzufallen!
Das ist ein Traum! Steckt nicht in allen
der Wunsch nach so viel keckem Mut?" –
„Doch Übermut tut selten gut" –
entgegnet Harry. „Deine Hunde
verlieren in der ersten Runde
den kostbarsten Besitz – ihr Leben –
und das – nur um mal anzugeben.
Mit weiten und mit schnellen Sprüngen
hier nicht ums Überleben ringen –
von falsch verstandnem Stolz nicht weichen –
kann man als Dummheit nur bezeichnen."

Die Wasserschlange

(nach einer Parabel von G. E. Lessing)

*E*s waren gar nicht wenige,
die da nach einem Könige,
nach einem Oberhaupt verlangten,
der Krönung schon entgegen bangten.
Mit großen, hohen, weiten Sprüngen,
die wohl den Fröschen zu gelingen
schienen, stürzten sie heran.
Der Vater Zeus zog sie in Bann.
Er zögerte auch gar nicht lange,
entschied sich für die Wasserschlange,
die um den Job den weisen Rat,
die Ratgeber gebeten hatt'.

Kaum saß sie auf erhöhtem Thron,
als sie gefräßig wurde, schon
die Frosch-Jungen an sich zu reißen
und sie genüsslich zu verspeisen
begann. – „Den Frieden sollst du bringen
und nicht uns töten und verschlingen,

sei es aus Willkür, sei's aus Spaß –
warum, zum Teufel, tust du das?" –
so setzte sich der Frösche Heer
gezielt verbal zur Gegenwehr.
Die Schlange sich am Bissen labt';
„weil ihr darum gebeten habt" –
entgegnet zynisch sie im Brustton
der Überzeugung, selbstbewusst.
„Ich habe nicht um dich gebeten" –
sprach eine jener mut'gen Kröten,
die nie ein Blatt vor ihren Mund
genommen. – Kannibalisch und
vernarrt in ihre künft'ge Beute
rief da die Schlange voller Freude:

„Von Regeln habt ihr keinen Schimmer –
ich kann nur sagen – desto schlimmer!
Denn wenn nicht mir dein ganzes Streben
gilt, ist es aus mit deinem Leben.
Da du für deines Daseins Frist
zum Untertan geschaffen bist,
muss ich – wenn du dich nicht bezwingen
kannst – sodann auf jeden Fall verschlingen."

Frosch und Ochse

(nach einer Fabel von Aesop)

*I*m Sumpf bei seinen Artgenossen,
den Wiesen fern und nicht begossen
vom süßen Wein des reichen Lebens
saß einst ein Frosch und sucht' vergebens
dem eignen Schicksal zu entweichen.
Am Ufer dort, wo seinesgleichen
sich nicht, vom Schlamm bedeckt, befummelten,
hüpfend, quakend, quasselnd tummelten,
sah er dort hinter einer Buche
'nen Ochsen auf der Futtersuche.
„Ach, welche Größe, welche Stärke!" –
versetzten Emotionen Berge –
zumindest in dem Kopf des Kleinen.
Das eigene Geschick beweinen –
es ändert nichts – und er begann
sich aufzupusten dann und wann
und später stetig. – „Jetzt bin ich
so groß und stark und fürchterlich,

so wie der Ochse anzuschauen –
und manchem Tier wird vor mir grauen!" –
so wurden Wünsche zu Gedanken. –

Am Ende führten solche kranken
Phantasien zu dem Glauben,
dass er sich alles nun erlauben
könne. Er bezwang den Lauf
des Tag'sgeschehens – blies sich auf.

Er ging ans Werk, begann zu üben
und hat's dann mächtig übertrieben. –
Des Kraftaufwandes stolzer Lohn:
die eigene Detonation.

Die Stachelschweine

(nach Arthur Schopenhauer)

An einem kalten Wintertage
erhoben Tier und Menschen Klage.
Wer sich auf Stiefeln, warmer Sohle
ins warme Haus zu Öl und Kohle
schleichen konnt', um dort zu speisen,
den durft' man wahrlich selig preisen. –
Bei saft'gem Braten nicht und Weine
saß 'ne Gesellschaft Stachelschweine.
Um sich vor dem Erfier'n zu retten,
ließ man die höflichen und netten
Seiten des eignen Wesens schwingen.
Mit Kratzfüßchen und Händeringen
schmiegt' man sich an den Nachbarn an –
ob jung, ob alt, ob Weib, ob Mann.

Da durft' man niemanden beleid'gen,
Körperwärme, gegenseitig,
war – jenseits der Empathie –
die Überlebensstrategie. –
Man ignoriert' aus voller Kraft
das Elend jener Eigenschaft,
die da Moral und ungeniert
auch Intellekt diskreditiert. –
Nur leider funktioniert' es nicht.
Der Stachel – dieser Bösewicht –
war immer ungetrübt zur Stelle
und meistert' oft allein die Fälle. –
Man schrie sich an, man stellt' sich bloß,
man wurde ihn ja doch nicht los,
ohne im Innern zu zerreißen,
im Tugend-Wahn ins Gras zu beißen.
Sich von dem Makel zu befrei'n
bedeutete: nicht mehr zu sein
im Körper der Gefangenschaft.

Man stieß sich ab mit letzter Kraft
und isolierte sich mal fein,
um jedem Anstoß fern zu sein.
Wenn man so den Bezug verlor,
stellt' sich das Übel ein: man fror. –
So wiederholte sich das Spiel:
man wärmte sich – es ward zu viel –
man zog sich in sich selbst zurück.
So manch Isolationsgeschick
verhieß die allzu stille Regung
der Moleküle. – Die Bewegung
als Zyklus mocht' Gestalt annehmen,
als Pendeln zwischen den Extremen –
nur hielt man 's nicht so lange aus.
Verhaltensformen wuchsen aus
gezieltem Streben nach der Mitte:
die Höflichkeit der feinen Sitte.

Humoresken, Witzeleien
Rhythmus, Metrum,
Vers und Reim

Wie kann man das wissen?

*A*uf dem Polster saß die Katze,
aalte sich; 'ne schwarze Tatze
fiel ganz unten an der Seite
auf. Schon stürmte sie ins Weite.
Jung, behänd, vorwiegend weiß
war sie und ließ um keinen Preis
die Beute, die sie mal gefasst,
endgültig auf dem Katzen-Rast-
platz liegen. – Paul, ihr großer Freund
unter den Zweibeinern – er scheint
zum Spielen heute nicht zu kommen –
so dachte sie. – So bang, beklommen
hatt' sich der besagte Knabe,
der da Allüren und Gehabe
ganz und gar nicht mochte, nie
gefühlt. Die große Sympathie,
die er den Tieren einst entgegenbrachte,
schien hinwegzufegen
und ihn für immer zu verlassen.

Er duckte sich, schien zu erblassen,
als Wendelin ihm plötzlich nah
kam, er den feinen Kater sah. –
Man sprach ihn an, man fand nichts raus.
Als aber „Ich bin eine Maus"
aus voller Inbrunst, überzeugend
verlautete und das Beäugen
durch jene Katze diesem Jungen
Furcht einflößt', musst' – notgedrungen –
man sich an den Psychiater wenden. –
An Armen, Beinen, Kopf und Händen
begann der Knabe zu erzittern,
wenn da ein Kätzchen, ihn wohl witternd,
von weitem ihm entgegensprang.
Weiß wie die Wand und voller Bangen
fiel der Junge, fern dem Ton,
dem Wort, in eine Depression.
Dem Doktor tat das Knäblein Leid.
Er sah als letzte Möglichkeit
ihm – wenn gewiss auch wider Willen –
die starken Antinonsens-Pillen
für ein paar Tage zu verschreiben. –

Voll Widerwillen einverleiben
musst' da der Mensch im Jünglingsalter
sich etwas, wobei ihn ein kalter,
ein kräft'ger Schauer überfiel.
So mager wie ein Besenstil
war er. Doch was hatt' er im Sinn? –
Er stellt' sich vor den Doktor hin,
um ihm den einen Satz zu sagen:
„Ich bin ein Mensch." – Das Hinterfragen,
das Überprüfen, Fragen-Stellen
beschäftigte die bläulich-hellen
geübten Blicke des Psychiaters. –

„Was war das?" – Eines Übervaters
Bildnis hätt' das Kind erleichtert.
Jener Anblick doch erweicht'
ihm Knie und Muskel und Gebein. –
Es war des Katers Stelldichein –
der wollte seinen Freund besuchen. –
Des Jungen qualvoll-ängstlich Fluchen
ließ schon erneut den Doktor fragen:

„Was hast du mir denn noch zu sagen?
….dass du ein Mensch bist und es weißt
und dass du Paul Geminden heißt?" –
„Schau da – im Zimmer – diese Fratze –
die fürchterliche, große Katze!" –
rief da das Knäblein ganz entsetzt.
„Zwar weiß ich: ich bin Mensch. –
Verletzt
das Vieh mich, sieht es anders aus:
dann hält die Katz' mich für 'ne Maus."

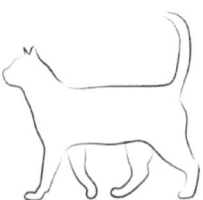

Drei Nationen im Plausch

Über die Größe und die Kraft
der neuesten Errungenschaft
im Flugzeugbau, dem Lande eigen,
habe der Brite stillzuschweigen,
betont der Engländer – bewusst
den Glanz der Leistung hinter Brustton,
Stimme sehr diskret zurückhaltend. –
Sich vor der Auskunft drücken
widerspricht ganz offenbar
dem freien Geist Amerikas –
seines Vertreters, der berichtet,
was da entdeckt und neu gewichtet
wurde. – „Unsre letzten Flüge –
sie brachten uns Gewinn durch Siege
bei dem Baseballspiel – in Tagen
der Erdumrundung ausgetragen –
im neuen Flugzeug." – Auf die Schnelle
treiben Frische, Röte, Helle,
dem Gewinner Glanz und Licht,
dem Profi-Spieler ins Gesicht. –

Dem Deutschen stellt man manche Fragen.
Er habe sich nicht zu beklagen,
eröffnet er den kleinen Plausch
und bietet offenbar zum Tausch
hier seine Flugerfahrung an. –
„Der Captain, unser erster Mann,
befahl mir, seinem Co-Piloten,
im Flugzeug mit dem alten roten
VW bei unsrem letzten Flug
nach einem kaum hörbaren Ruck
im linken Flügel einzufahren,
dabei nicht an Benzin zu sparen. –
Gesagt, getan. Ich sprach: „Mich deucht,
dass du dich dieses Mal getäuscht." –
„Fahr doch mal in den rechten Flügel.
Drauf gebe ich dir Brief und Siegel,
dass dorther das Geräusch gekommen,
das deutlich ich von hier vernommen." –
Nach einer Stunde kam zum Glück
ich schon von dieser Fahrt zurück,
musst ihn belehren, dass der Sinn
ihn doch getäuscht. – Wie zu Beginn

des Streitgesprächs war er sich sicher
und sprach gelassen: „Geh hinüber
und schnapp dir dort den Cadillac
und schau mal hinten nach im Heck." –
Was ich dort nach dreistünd'ger Reise
gesehen habe, hat ganz leise
mir über so viel Feingefühl
und Hörvermögen im Gewühl
beinahe Wort und Ton geraubt.
Wohl dem, der an den Captain glaubt. –
Ein Klo-Fenster stand dort im Heck
noch offen; und in dem Versteck
hat sich dort – frei von Furcht und Bangen –
'ne USA-Boeing verfangen,
die – wie's in den Annalen heißt –
dort heut noch um die Lampe kreist.

Der Ratschlag

Ein junger Mann, Geschmack und Stil,
Esprit und Geist, der, was er will
und was er sich als Ziel gesetzt,
erreichen kann, gesteht zuletzt,
jetzt sei er auf der rechten Spur,
sein Endziel sei die Professur. –
Darauf der Vater, sehr enttäuscht,
die Fliegen von Jackett verscheucht
und spricht: „Mein Sohn, bei deinen Gaben
sollst du es einmal besser haben. –
Wie 's heut so ist – ich riech den Braten –
zum Autohändler dir zu raten
erscheint mir da wohl angemessen;
denn etwas darfst du nicht vergessen:
mit einer Sache hast du dort
zu tun, die dir an manchem Ort –
an Unis sowie an den Schulen –
gar nicht gegönnt sein wird. – Die coolen
Kids, die gern das Wort ergreifen,
sind dir beschert – doch keine **Reifen**."

Neurotiker, Psychotiker und Psychiater

„*D*u kannst in jeder Lebenslage
zu mir kommen. Manche Frage
beantwort ich dir, wenn ich kann." –

„Papa, du bist ein kluger Mann",
anwortet' darauf Jessica.
„Doch sage mir – ich hörte da
ein Wort, das ich sehr gern verstehen
würde", – und mit Räkeln, Drehen
war's auf dem Lehnstuhl jetzt vorbei.
„Ach, weißt du was, ich zähl bis drei,
dann kannst du mir das Wort mal nennen;
's wird schon kein böses sein." – „Ja, nennen
kann ich es wohl, hab aber keine
Ahnung, keine klitzekleine,
was es denn bedeutet" – sprach
die kleine Tochter – „aber, ach,
das Wort – ich hab's behalten –
es heißt 'Neurotiker'." – „Die Alten
wie auch die Jungen, Groß und Klein,

die können da betroffen sein
von dieser Krankheit, die die Seele
befällt" – sprach Papi. „Schau, ich wähle
ein Beispiel. Ein Neurotiker –
anders als ein Psychotiker –
ist einer, der in Wolken Schlösser
baut, erneut und ständig bessere
Baupläne dafür erstellt.
Er wohnt nicht dort. Manchmal gefällt
ihm Wandlung, Wechsel, Neu-Erstehen.
Luftschlösser bauen und dann gehen –
erscheint ihm – dem soliden Handel
fern – als rechter Lebenswandel.
Zwanghafter Drang zu ständigem Tun
erlaubt ihm nicht sich auszuruhn." –
„Was der Psychotiker dann macht,
musst du mir noch erzählen" – sagt'
das Mädchen, klug und wissbegierig. –

„Ja, beim Psychotiker wird's schwieriger" –
ergreift Papa erneut das Wort.
„Der will aus diesem Schloss nicht fort,

das für ihn in der Luft erbaut,
zieht sich zurück, ist kaum vertraut
mit andrer Leute neuer Tonart,
macht sich nur ein Bild davon.
Das heißt, er baut nicht – er bewohnt
das Schloss, in dem so gern er thront
im luft'gen Reich der Phantasie." –
„Verrat mir, Vater, sag mir, wie
man ihn zurückholt." – „Dann und wann
muss da mal ein Psychiater ran." –
Gefallen war der Terminus,
den Jessica zum guten Schluss
verstehen wollte. „Ein Psychiater –
was macht der?" – Hierauf sprach der Vater:

„Sowohl bei dem Neurotiker
wie auch bei dem Psychotiker
wird ein Psychiater niemals sich genieren,
die Miete dann als Schlossherr zu kassieren. –

Wenn man da nicht versichert ist,
dann bleibt nur noch die Galgenfrist."

Ein Missverständnis

Der Onkel aus dem Libanon –
er hatte leider keinen Sohn –
erwartete sein Patenkind,
das nach dem Klingelton sich flink
aus Schule, Staats- und Amtsgebäude
verdrücken sollte – war doch heute
für ihn ein ganz besond'rer Tag. –
Geburtstag feiern – ohne Frag' –
beglückt, erhebt, versöhnt, vereint
die Sippe. – Steffen taucht' verweint,
hastig und ohne zu verschnaufen,
verfrüht beim Patenonkel auf. –
Den Jungen nach des Kummers Grunde
befragend, hört' aus Kindes Munde
der Onkel, dass man seinen Neffen,
den Erstklässler, den kleinen Steffen,
beraubt hatte ums Pausenbrot –
ja, schlimmer noch – dass das Gebot,
Kleine zu schützen und zu hegen,
mit Füßen anscheinend getreten

wurde. – Hatte da einer wissentlich 's
Brot in den Kanal geschmissen? –
„Mit Absicht?" – forscht' der Libanese. –
Da sagt' Klein-Steffen: „Nein, mit Käse."

Verschiedene Betrachtungsweisen

*I*n eine Wüste schickt' man sie,
drei Forscher, dass – von Empathie
befreit – sie sich dort umschau'n, horchen
und gründlich nach Kamelen forschen. –

Ein Büchlein – dreiundsiebzig Seiten –
erschien bald. Frohsinn zu verbreiten
versprach durchaus die interessante
Lektüre aus dem Wüstenland.
Man konnt' nicht die Nation verhehlen:
's war der Franzos' – 'Das Liebesleben
der Kamele' hieß der Titel
des Buches. – Kosten nicht und Mittel
scheute der Engländer. – Kamele –
nicht Paarungsritual, nicht Seele
des Tieres schienen ihm gewogen –
er hatte vielmehr vorgezogen,
profan, prosaisch – unerhört –
die ökonomische Verwertbarkeit
genauer zu erhellen
und in den Mittelpunkt zu stellen.

Zehn Jahre sind ins Land gefahren:
da sieht man ganze Pilgerscharen
von Philosophen, von Doktoren,
Weltgeist-Verbesserern, Lektoren,
gebeugt über den Wälzer auf dem Tisch –
das Buch des Deutschen: 'Das Kamel an sich'.

Der Missionar in der Wüste

Nachdem der Pater Kunibert,
den Weibern nachhechelnd, verrückt
gespielt hatt', ward vom Klerus er
als Missionar dorthin geschickt,
wo er allein zum Fasten, Beten –
auf sich gestellt – nur Sand betreten
durfte. Berg und Meer und Küste
lagen fern. – Es war die Wüste,
die ihn aufnahm für zehn Wochen,
und Schlangen kamen angekrochen. –
Kunibert ging's gar nicht gut.
Er musst' schon höllisch auf der Hut
sein – 's war ein Überlebenskampf. –

„Was ist das alles für ein Krampf!" –
so dachte er bei sich im Stillen:
„Nur Forderung und Pflicht erfüllen
und über alle Empathie,
über des Lebens Melodie
hinaus ein ew'ges Vorbild sein

halt ich nicht aus. – Er liebte Wein
und Frauen und Gesang und Leben,
benahm sich manches Mal daneben –
zumindest aus der Perspektive
der überstrengen Hüter – Prüfer
betreffs der Eignung für sein Amt. –
In seiner alten Tasche kramt'
er, tastend nach der Wasserflasche,
als er von Ferne eine rasche
Bewegung mehr verspürt' als sah.
„Mein Gott!" – Zur Panik wuchs Gefahr,
als da zwei Löwen – ausgewachsen –
schon vor ihm standen. – Funken, faxen
hätt' niemals ihn aus dieser Lage
befreien können. Flüchtig, vage
konnt' er der Worte sich erinnern,
an ein Gebet, bevor ein Flimmern
ihn bannte, in die Ohnmacht trieb.
Mit letzter Kraft sprach er: „O lieber Gott,
bewirk, dass diese Löwen Christen werden." –
Ganz ergeben dem Schicksal, spürt' er in Sekunden
ihn rechts und links den Leu umrunden. –

Die Löwen, keineswegs willkürlich,
falteten zum Gebet manierlich
die Pranken, sprachen, ihn beäugend,
voll Inbrunst Worte, überzeugend:

'Komm, Herr Jesu, sei unser Gast
und segne, was du uns bescheret hast.'

Die schwarze Katze

Auf der Suche nach der schwarzen
Katze hält sich mancher Narr,
manch ein Magier, manch ein Weiser,
Künstler, Manager wie Kaiser
wohl bemerkt sein Leben lang
auf. – Selbst wenn der Sonnenhang
dir im Leben nicht gegeben,
gibt die Suche deinem Leben
letztlich Halt und Sicherheit. –
Fern von Rangordnung, von Zeit,
sei bereit, ein Realist
zu sein und frag nach dem, was ist. –
Du wirst jedoch die Grenzen spüren. –
Das mag zu der Vermutung führen,
die Katze sei im dunklen Raum
gefangen oder leb' im Traum,
in deinen Träumen. – Im realen
Leben mag's dir zwar gefallen,
nach Wirkung der Gestalt zu fragen,
geschwärzten Spuren nachzujagen. –

Nur merkst du bald: im Allgemeinen reicht's nicht
Realist zu sein. –

Bist du an Ideen gebunden,
hast du sie schon längst gefunden,
selbst wenn sie nicht vorhanden ist. –

Die Position, die noch vermisst
wird, lebt durch jene, die die Welt
gestalten. – Man ist, was man wählt. –

So zögert man Jahrzehnte nicht –
nein! – nicht einmal Sekunden;
man setzt den Ruf ins Tageslicht:
„Ich habe sie gefunden!"

Ein Ding der Unmöglichkeit

Amtsstelle – Weg zum Ordinariat –
dort stand auf großer, breiter Treppe, grad
am obren Rand, der da schon überdacht,
ein mittelgroßer Korb. – Behutsam, sacht –
erstaunt hat man den Inhalt dann beäugt,
sich aus der Nähe davon überzeugt,
dass so ein seltnes Kleinod diesem Ort
am Hauptportal nicht angemessen.
Fortgetragen ward der Korb mit dem, was drin;
man stellt' ihn vor den Konferenzraum hin –
der Diskussion anheimgestellt, beratungsschwanger,
unmerklich erregt. –
Derartiges beileibe ist bei all den frommen
Amtsträgern bisher nicht vorgekommen. –
Den Augen schmeichelte ein rosa Deckchen,
ein Strampelhöschen und ein süßes Jäckchen –
sie tauchten aus dem Untergrund hervor. –
Solchem Ereignis trat man mit Humor,
mit Überlegenheit auf Gängen, Wegen
des tief verschlungnen Dickichtes entgegen. –

„Was hat denn dieses kleine Wesen nun
schlussendlich mit dem Hause hier zu tun?" –
so stellte sich für jedermann die Frage. –
Gesprächsbedarf, Amüsement, der Lage
Ernst gebar'n neunstünd'ge Diskussionen.
Ob man nun wollte oder nicht – beiwohnen
musst' man Thesen, den Verwicklungen,
den analytischen Zerstücklungen.
Als schließlich dann die zehnte Stunde naht',
beschloss das Komitee, beschloss der Rat,
Ergebnisse der Untersuchung preiszugeben,
bestimmt für einen größren Kreis. –
Es tropft' mit Worten aus der Großhirnrinde:
„Das Haus – es kann gewiss nichts mit dem Kinde
zu tun haben – denn solches widerspricht
jeglicher Logik" – lautet' der Bericht.
„Nicht nur konträr verhält sich dieser Sachverhalt
zu dem, was da mit Weh und Ach
in diesem Haus jemals zustande kam.
Die contradictio in adjecto nahm
sich stets solcher makabrer Fälle an.

Man wende dies auf unser Beispiel an:
in diesem Haus ward nie so was vollbracht –
was Hand und Fuß hat, ist hier nie gemacht
worden. – Ein weitres Argument des Ausschlusses
geht diesem im Prinzip voraus:
niemals ward hier im Haus etwas mit Lust
und Laune produziert, höchstens mit Frust. –

Ein drittes Argument: hat man – es wär zu schön –
je nach neun Monaten ein Resultat gesehn?"

Wiedererinnerung

*I*n einem kleinen Dorf in Bayern
gibt's hin und wieder was zu feiern.
Die tausend-selige Gemeinde kennt Wirtshaus,
Kirch, Gesangverein.
Bevor man auf die Kirmes geht,
nimmt sie der Pfarrer ins Gebet. –
Der Dekalog – die zehn Gebote –
sind lange noch nicht aus der Mode.
Als er da sprach: „Du sollst nicht stehlen!",
da sah er in die sonst so hellen
und leuchtenden und glatten Züge
des Nachbarn. Und es schien, als trüge
der manche Last auf seinem Haupt.
Des muntren Mienenspiels beraubt,
bemächtigte sich der Geselle
so grad heraus und auf die Schnelle
des finsteren, bedächtigen
Blicks. – Erst als die mächtigen,
des eindringlichen Wortlauts Worte
von Gebot zehn die schlichte Pforte

des Horizonts bei Hansi Mayer
erreichten, ward es um den Bayer,
um Mundwinkel und Mienenspiel
da wieder hell. –
Bei all der Fülle großer Worte und Gedanken
gelang 's dem Pfarrer, jenen wankenden,
nun recht gut gelaunten Nachbar
zu befragen – das war machbar! –
„Warum hat das Gebot, die Sieben,
dir Gram in dein Gesicht getrieben?
Warum konnt' man bei Gebot zehn
die Augen wieder leuchten sehn?" –
Der Hansi – darauf unbeschwert –
gab seine Antwort – unerhört:
„Ach, wissen Sie, als Sie da sprachen
von dem Gebot und all den Sachen
und sagten da 'Du sollst nicht stehlen!',
da merkt' ich, dass mein Schirm mir fehlen
tut. Ich wusst' nicht, wo er war.
Auf einem Mal doch war mit klar:
abhanden ist er nicht gekommen. –
Sie sagten Ihren alten, frommen

Spruch: 'Du sollst sie nicht begehren!
Die Frau des Nachbarn sollst du ehren!
Du darfst auf keinen Fall die Ehe
brechen!' – Ja, bis in die Zehe
spürt' Erröten ich, Erblassen
und wusst', wo ich ihn hab gelassen."

Mutter, Tochter, Preuß und Bayer

Die Mutter, die Tochter, ein Preuß und ein Bayer,
sie frühstückten. Brötchen und Knäckebrot, Eier
und Leberwurst lagen herum auf dem Tisch
des Zugabteils. – „Petra, du trinkst wie ein Fisch",
ermahnte die Mutter den Teenager – heiß! –
der seinerseits schmunzelnd, mit emsigem Fleiß
mit Preuß und mit Bayer zu flirten begann. –
Es ward dunkel im Zug zwischen Wiesen und Tann,
und schnell führt' die Fahrt durch den Tunnel, gar finster,
nicht Bäume, nicht Sträuche, nicht blühenden Ginster
gab's da aus dem Fenster heraus zu bestaunen.
Ein Flüstern, ein Räuspern, ein Rascheln, ein Raunen
vernahm man. – Was war das? – War das nicht ein Kuss? –
Ja sicher. – So kam's, wie es kommen muss:
Man hört' durch das Dunkel des Tunnels den Knall
einer Ohrfeige – fliehender, flüchtiger Schall. –

Da denkt doch die Mutter: "Hat einer von beiden
die Petra geküsst. Es sind wohl die Zeiten
vorbei, in denen die Frau zur Beute
erklärt. – Ihr Recht ist's, im Hier und im Heute,
dass sie sich zur Wehr setzt." – Da denkt doch die Schöne:

„Wie schad, dass da unter dem bayrischen Föhne
der eine von beiden die Mutter erwischt
und die mit ihm gleich so streng ins Gericht
gegangen ist." – Da denkt der Preuß, ganz enttäuscht:
„Ich spürte den Schlag. Ich glaube, mir deucht,
da hat doch der Bayer die Tochter geküsst.
Dass ich das nicht g'tan hab, wie schad', so ein Mist!

Kraft hat die wie 'n Pferd. Wer die einmal kriegt,
der wird dann geviertelt, gefedert – besiegt." –
Da denkt doch der Bayer: „Wenn noch ein Tunnel
auf der Fahrt plötzlich auftaucht, da bin ich ganz schnell
und schnalz mit der Zunge und treib's dann noch bunter
und hau doch dem Sau-Preuß grad noch eine runter."

'Der Zerbrochene Krug'

Wohl hat der Deutschlehrer im Unterricht
ausführlich Kleist behandelt – darum spricht
er Bodos Vater an. „Ihr Sohn, Herr Schmitz,
hat in der letzten Stunde, 's ist kein Witz,
als ich gefragt: 'Von wem ist *Der zerbrochene Krug?*' –
den Unterricht von vielen Wochen
einfach vergessen und mir frech gesagt:
'Ich war's nicht, hab ihn nicht kaputt gemacht'."

Der Vater macht darauf ein ernst' Gesicht.
„Wenn das mein Sohn gesagt hat, war er's nicht.
Er ist ein Bengel, der viel Unsinn macht,
doch lügt er nicht." – „Das hätt' ich nicht gedacht!",
entgegnet der Herr Studienrat, erstaunt,
mit irrem Blick – doch wieder gut gelaunt.

Als dann in dieser Schule Schulrat Bauer
zu Gast ist, grüßt ihn hinter einer Mauer
der Deutschlehrer von weitem schon, berichtet
ihm später von der lustigen Geschichte.

Und schon hört man im netten Plauderton
die Worte – so Herr Bauers Reaktion:
„Na ja, wenn so ein alter Krug zerbricht,
ach, Herr Kollege, schlimm ist das doch nicht.
Sie sollten die Geschicht' nicht wiederkäuen.
Hier sind zehn Euro, kaufen S' sich 'nen neuen."

Der begründete Verdacht

Ein Anruf bei der Polizei –
sehr früh – wer kann das sein? –
Der Leiter eines Supermarktes sprach
von einer kriminellen Tat –
von einem Einbruch in der Nacht –
und äußert' folgenden Verdacht:
„Nur Hacker können es gewesen sein." –
„Sind S' sicher?" – fiel man ihm ins Wort hinein
am andern Ende. „Darauf möchte ich wetten! –
Es fehlen Kaffee, Chips und Zigaretten."

Der begründete Einspruch

Ein Rentner stolpert', da er – ohne Frage –
kurzsichtig war, am regnerischen Tage;
'ne Gleitsichtbrille könnte ihm gefallen.
Stellt sich die Frage: Wer soll das bezahlen? –

In solcher Lage half nicht Arzt noch Priester.
Wer taucht' da auf? – Nein! – Der Finanzminister!
Er half dem Rentner wieder auf die Beine,
nahm an das 'Dankeschön', äußert' 'ne kleine
Bitte: „Dafür wählen Sie mich wieder
bei den nächsten Wahlen!" – Nicht mehr bieder
blickte da Herr Biedermeier drein,
lehnte ab, sagt' klar und deutlich: „Nein! –
Hier auf der Treppe fiel ich auf den Rücken,
nicht auf den Kopf. – Das muss Ihnen genügen."

Die unerwünschte Mahlzeit

Da ruft Herr Falz den Hausarzt an.
„Ach, kommen Sie sofort!
Die Annemarie, meine Frau – mit offenem Mund
schlief sie. – Wir sind betroffen:
'ne Maus ist da in ihren Hals
gekrabbelt." – Legen Sie, Herr Falz,
ihr ein Stück Käse vor den Mund;
dran frisst die Maus sich kugelrund,
kommt schneller, als man guckt, heraus."

Schon kommt der Doktor an im Haus
bei dem Ehepaar. Er sieht Herrn Falz
mit einer großen Tüte eine Flunder
vor dem Mund der Gattin schwenken.
„Immer bunter treiben's doch die Leut'",
so spricht der Arzt im Stillen ganz für sich
und fragt: „Was tun Sie da?" – Herr Falz
fasst sich an seinen magren Hals
und sagt: „Wonach sieht es denn aus? –
Ich locke grad die Katze raus."

Drei Männer vor dem Richter

Richter zu Mann 1: „Wer sind Sie?" –
„Mein Name ist Sebastian Kindsky." –
„Nun denn – was haben Sie getan?" –
„Hab oben auf dem Weg bergan
den Stein ins Wasser g'worfen." –
„Kinderei ohne Verstand und Sinn.
Sie können gehen; Freispruch." –
Heut sind s' wieder hier mit nix, die Leut –
so dacht' der Richter Wichtelmann.
Man sah 's der Nasenspitze an. –

Der Richter zu Mann 2: „Ihr Name?" –
„Hans Gerhard Otto Lobesame" –
„Was hab'n S' an Taten vorzuweisen?" –
„Hab mitgemacht, es gutzuheißen,
dass man den Stein ins Wasser wirft." –
'Der ist ja wohl total verwirrt' –
sprach da zu sich so in Gedanken
Wichtelmann. „Ich seh Sie wanken" –
sagt' er laut: „Jetzt geh'n S' nach Haus
und schlafen S' Ihren Rausch dort aus." –

Da tastet sich ein Herr zum Richter vor,
durchnässt, ganz ohne Sicht,
in Händen die zerbrochnen Brillengläser,
mit gebrochnem Willen.
„Sie armer Mann, oje, mein Gott!
Man sollte hier sofort den Notarzt rufen! –
Sagen Sie mir Ihren Namen!" –
„Max von **Stein** aus Düren."

Die drei Wünsche

Drei Freunde – sie begegnen einer Fee,
und jene spricht zu ihnen: „O, ich seh
in der großen Zauberkugel dort,
dass jeder einen Wunsch frei hat – mein Wort."
Da sagt der erste Mann vom Land:
„Ich wünsch mir eine Insel, weißen Strand
und Gärten, Blütenduft und Palmenhaine,
Wildbret und viele Preiselbeer'n zum Weine." –
Die Fee klatscht in die Hände, zack – und dann
sitzt auf der Insel schon der erste Mann.
Der zweite von den dreien will sofort
des Sultans Rolle übernehmen dort
im Orient, dazu die schönsten Frauen,
die ihm huldigen, die ihn erbauen
durch hohe Liebeskunst. – So ganz im Stillen
denkt Max: „Wann wird mein Schicksal
sich erfüllen?" –
ergreift das Wort und schaut dabei ganz bieder
drein: „Gib mir meine Kumpels wieder!"

Die Fallschirmspringer

Zwei Fallschirmspringer, nun auf sich gestellt,
wollen zum ersten Mal am Himmelszelt
den Sprung aus tausend Meter Höhe wagen.
Der Übungsleiter klärt noch ein paar Fragen.

„Der Fallschirm öffnet sich, wenn Sie die Schnur
rechts ziehen. Sollt's nicht klappen, müssen S' nur
den Ring ziehn – andernfalls den kleinen Ring
darunter. – Doch 's ist sicher: jedes Ding
hier funktioniert. Da unten stehen schon
zwei Jeeps, die Sie danach zur Flugstation
zurückbringen." – Die beiden, voller Schwung,
riskieren es: sie setzen an zum Sprung.

Im freien Falle ziehn sie an der Schnur;
doch nichts geschieht. – Solch ein Ereignis pur
ist weit entfernt von Furcht, von Angst und Bangen.
Sie ziehn am Ring: Der Fallschirm bleibt gefangen.
Ein kleiner Ring ist's, der in solchem Fall
den Notschirm öffnet. Doch auch dieses Mal:

es tut sich nichts. Sie fallen, fallen weiter.
Da sagt der eine Springer – frei und heiter:
„Wenn auch nichts klappt –
der Augenblick ist wunderschön!
Ich wette, dass auch keine Jeeps da unten stehn."

Ein heikler Fall

Ein Mann kommt in die Praxis eines Psychologen;
übereifrig diskutiert man dort und voll
besetzt – beinahe überquollen –
ist das große Wartezimmer.

„Prima!" – sagt der Mann. Auf Nimmer-
Wiedersehn scheint er sich aus
dem Staub zu machen. – „Krieg es raus,
mit diesem Kerl da stimmt was nicht" –
sagt Doktor Möbius. – Aus der Sicht
des Psychologen scheint der Fall
bemerkenswert. – Wie überall –
hier spioniert die Sekretärin,
sie ist gewieft, ist keine Närrin,
erstattet dann dem Chef Bericht:
„Er ist mir fast entschlüpft, der Wicht;
doch hab ich ihn noch grad entdeckt,
als er in einem Aufzug steckte –
links im Hochhaus vor dem Block.

Er fuhr dort in den vierten Stock
und klingelte an einer Tür;
'ne Frau macht' auf; er sprach zu ihr:

'Liebling, dein Mann ist sehr beschäftigt,
die Praxis überfüllt.' – Bekräftigend
den Blick zur Frau der Wahl,
sagt' er: 'Wir können jetzt noch mal!'"

Die geschickte Fragestellung

Haarfarbe und Gestalt und Rasse –
sie fielen auf in dieser Klasse;
und Raffinesse und Geschick
erwuchsen hier zum Meisterstück.

O nein, es waren nicht Primaner –
nur Grundschüler, dabei manch armer,
hellhöriger, kleiner Wicht. –

Dem Klaus versperrte man die Sicht.
Er konnt' nichts von der Tafel lesen.
Auf keinem guten Platz gesessen
hatt' er. – Schon am nächsten Tage
stellt' er dem Schulmeister die Frage:

„Kann man bestraft werden, Herr Lehrer,
sagen Sie's mir – als Meister, Lehrherr –,
für etwas, das man nicht gemacht?" –
Lehrer Leitmeier, ganz sacht,
ging stets geschickt, im Ton sehr fein
auf Fragen seiner Schüler ein.

„Hab keine Angst! – natürlich nicht."

Ein Licht fiel auf das Angesicht

des Kindes, das ein Lächeln zeigte,

wenn's auch zu großem Ernst sonst neigte.

Es sprach, und seine Worte warn durchdacht:

„Hab meine Hausaufgaben nicht gemacht."

1+4-3+7-1+9-6

Die professionelle Hilfe

Der kleine Heiko, eh' man guckt,
hat seinen Euro schon verschluckt,
den ihm der Onkel grad gegeben.
– Man hilft dem Kind soeben
mal provisorisch. – Und es klingelt
zu allem Überfluss. – Es tingelt
die Mutter wie ein Star auf Hachsen,
sucht über sich hinauszuwachsen,
indem sie nun um Hilfe bittet.

Ein Fremder kommt herein, gesittet.
Zwischen die Schulterblätter klopft
er dem Jungen, bis der Schweiß ihm tropft.
Er greift ihm in den Schlund, o Graus,
und holt dann dort die Münze raus. –
„Herr Doktor, vielen, vielen Dank!" –
ruft da Familie Thielen-Frank. –
„Was heißt hier Doktor?", spricht der Fremde.
„Sie stehen hier fast nackt – im Hemde –
im übertragnen Sinn vor mir.
Kreditbanken sind mein Revier."
1000-599-398-2

Auf dem Kasernenhof

Ein Offizier steht auf dem Platz.
Fast ohne Anlauf – mit 'nem Satz
springt da vorüber der Gefreite,
erwischt ihn fast mit voller Breite.

Da brüllt der Offizier ihn an:
„Was sind das für Manieren, Mann!
Unmöglich! Sie verzogner Wicht!
Und warum grüßen Sie mich nicht?"

Der junge Mann fährt lässig und bequem
sich übers Haar: „Ich wüsste nicht, von wem."

Die Frau im Theater

Voll besetzt ist das Theater:
Herren mit und ohne Kater,
Damen mit und ohne Schwips,
Figuren an der Wand aus Gips.

Eine Dame – schwarz gekleidet –
doch ansonsten unbegleitet –
neben ihr der Platz bleibt leer.
Ein Stehplatz-Inhaber schaut her
und fragt: „Ist dieser Platz noch frei?" –

„Mein Mann müsst' jetzt dort sitzen.
Leider ist inzwischen er verstorben" –
gesteht, von Blicken heiß umworben,
die schöne Witwe. – „Ich konnt' keinen
der Nachbarn mitnehmen – zum Weinen!" –

„Das find ich aber gar nicht nett",
sagt teilnahmsvoll Besucher Fred.
„Man fragt sich manchmal sowieso:
'Wo sind denn nur die Freunde, wo?'" –

„Alle sind sie – Alt und Jung –
auf meines Manns Beerdigung."

Makaber

Sprechstundenhilfe beim Psychiater
ist Carla – meist hat sie 'nen Kater.
Doch heut hat einer mit 'ner Macke
zum ersten Mal Panikattacke
in ihr ausgelöst. – „Ach, schnell!
Der Kerl da zieht mir ab das Fell.
Der hält sich für 'nen Kannibalen." –
Und schon beschwichtigt Van der Waalen
als Psychologe, Arzt die Frau.
„Ach gehn S', Sie wissen's doch genau,
dass der Herr Vogel harmlos ist." –

„Sie sehn nicht, wie er wirklich ist.

Der Kerl ist ausgefuchst, ist clever;
er würzt mich grad mit Salz und Pfeffer."

Skeptisch gegenüber der Skepsis

*E*in Skeptiker, der sich als Atheist
verstand, besuchte eine Kirche. List
und Argwohn so wie Tücke warn ihm fern. –
Als er da plötzlich vor dem Bild des Herrn
niederkniete, sagte sein Begleiter:
„Nun entdecke ich bei dir doch leider,
dass du lügst, wenn du behauptest, dass
du nicht an Gott glaubst." – „Ich und lügen – was!
Ich bin kein Gläubiger. Ich lüge nicht.
Ein Mann wie ich, der weiß, wovon er spricht.
Und dennoch frag ich mich – als Atheist –
ob meine Position die richt'ge ist.
Zur Sache stehn ist's, was den Geist erfüllt.
Aus Taten doch spricht oft das Gegenbild."

Eine Frage der Definition

„Sieh an! - Schau, die Hausfreundin kommt
ja schon wieder" –
so schwatzten Tanja und Katja, die biederen
Dorfmädchen hinter der Dame, mondän:
„Die hat's auf 'nen wirklichen Herrn abgesehn." –

Die Dame – am Rande des lockeren Plausches –
spricht: „Richtig – doch bin ich die
Freundin des Hauses,
die kommen und gehen kann, wenn's ihr gefällt.
Und nun zu der *Hausfreundin:* damit verhält
sich's ganz anders. – Der Satz *'Sie kommt, wenn sie will'*
beginnt sich nicht unbedeutend zu färben,
verlangt dann im unbeschwerten Spiel
des Lebens die Vertauschung von Verben."

() ✗ () ✗

Tauben

Zwei Familienväter füttern Tauben.
Der eine meint: „Du kannst 's
mir ruhig glauben:
die Tauben sind Politikern
vergleichbar." –

„Ach – meinst du wohl damit:
'auch so unerreichbar'?" –

„Nein – sie sind so zahm am Boden unten
und fressen wirklich jedem aus der Hand;
doch wenn sie feine Höhenluft erkunden,
bescheißen sie dann nur noch Leut
und Land."

Das Geschenk

„Das schönste Geschenk, das ich
jemals bekam,
das hab ich von Oma. – Ich spiel,
bis der Arm
mir erlahmt, auf der Trommel. –
Doch lass ich's noch lieber:
dann schiebt meine Mama
fünf Euro mir rüber."

Erpressung vor dem Weihnachtsfest

*I*n einer Kirche am Dorfplatz fehlen zwei Krippenfiguren:
Maria und Joseph! Familien und Sippen
sind auf den Besitz dieses Kunstwerks – ganz auserlesen –
Jahrzehnte, Jahrhunderte mächtig stolz gewesen.

In einem Papierkorb, der da noch nicht entleert,
fand die Haushälterin einen fast unversehrten
Umschlag mit einem kleinen Brief darinnen.
Sie nahm ihn heraus und schloss aus der Kinderschrift binnen
einer Minute, dass dieses Schreiben von Rainer
nur stammen kann. – So viele Fehler macht keiner! –

Am Schluss – in korrekte Rechtschreibung endlich gebracht,
verriet uns der Brief: „Wenn heut in der Weihnachtsnacht,
liebes Christkind, ich bei mir zu Haus hab kein Fahrrad stehn,
dann wirst du Mutter und Vater nicht wiedersehn."

Busfahrer und Pfarrer

Es meldeten sich zwei zu Wort
bei Petrus an der Himmelspfort':
Busfahrer und Pfarrer gar.
Erstaunlich: man ließ offenbar
den Fahrer hier zuerst passieren.
„Was sind denn das hier für Manieren!",
sprach da der Hirte der Gemeinde;
bin ich hier im Jagd-Verein,
wo – gleichgültig, ob Hirsch, ob Rind –
ob Mann, ob Knäblein, Weiblein, Kind –
ein jeder nach Belieben reinspaziert?" –
„Ich misch mich selten ein,
Herr Pfarrer, ich will keinen strafen;
Aber die Leut hab'n nur geschlafen,
wenn sie die Messe zelebrierten. –
Doch wenn der Busfahrer, Hochwürden,
der nie sich auf der Fahrt verspätet,
am Steuer saß, da ward gebetet."

Versteigerung

Der Auktionator hat oft Bieter
mobil. Oft geht es auf und nieder.
Die da am Anfang unten stehn,
gehn mit – oje, in welche Höhn
sie schnellen, wenn man ihnen sacht
so manchen Bissen schmackhaft macht.

Sehr hoch bietet ein neuer Bieter
auf einen Papagei, und wieder-
holt verfolgt er da per Phon,
dass da ein frecher Hundesohn,
ein Lümmel, so ganz aus dem Häuschen,
ein Konkurrent sich da ins Fäustchen
lacht, ihn ständig überbietet.

Jetzt endlich hat es ausgesiedet.
Der erste Bieter hat gewonnen.
Noch eh' die Stunde halb verronnen,
läuft zur Versteigerung im Trab
er, um den Papagei dort abzuholen,
zwinkert kurz zum Gruß
und ist mit seinem linken Fuß
schon fast aus dem Auktionshaus draußen.

„Du sollst gewiss hier nicht mehr hausen!" –
spricht er sofort den Vogel an.
„Kann er denn sprechen?" – fragt er dann
noch ungestüm den Auktionator. –

„Was glauben S' denn, wer hier bis dato
mobil, per Funk – am heißen Draht
dort – gegen Sie geboten hat?"

Franken oder die Schweiz

„Wir haben uns ja fast verpasst! –
Dass du 'ne super Freundin hast,
das hab ich zufällig gehört" –
sprach John, vergnügt und unbeschwert,
geschwätzig wie 'ne Plaudertasche –
der Party-Boy. – „Ja, deine Masche,
so kreuz und quer herum zu fegen
und öfters eine flachzulegen,
die ist mir endgültig vergangen.
Ich habe zwar was angefangen
mit zweien; doch es fällt mir schwer
die Wahl zu treffen. – Wie ein Meer,
türkisblau leuchtet Mildreds Blick.
Sie ist so schön. Es ist ein Glück,
mit ihr zu gehen, an ihrer Hand,
der Dame aus dem Frankenland." –
„Du scheinst ja deine Wahl getroffen",
bemerkte John, der ja stets offen
war für delikate Fragen. –
„Beinah – ich kann mich nicht beklagen" –

erwiderte der alte Freund.
„Doch mein Berufswunsch – der verneint
die Wahl von Mildred. – Aus der Schweiz
kenn ich ein Mädchen, wirklich reizend,
wenn auch nicht so wunderschön.
Sie hängt an mir. Mit ihr zu gehn –
das schafft mir keineswegs Verdruss.
Der materielle Überfluss,
in dem sie aufgewachsen ist,
könnt mir als Basis und Gerüst,
als Wegführung auf festen Schienen
sehr wohl bei meiner Laufbahn dienen.
Wie soll ich mich nur zwischen beiden –
für Franken – für die Schweiz – entscheiden?" –
Und Johnnie kam dem Freund entgegen.
Die Phantasie hier anzuregen
war eine Sache, die ihm lag.
Ob Morgen, Abend, Nacht, ob Tag –
er hatte stets nur eins im Sinn:
Privatleben. – Profit, Gewinn,
Berufschancen – das lag ihm fern;
er lebte ganz auf seinem Stern. –

„Wär ich an deiner Stelle", spricht
er, „würd' ich zögern und mich nicht,
jetzt bestimmt noch nicht entscheiden.
Frankenland und Schweiz – die beiden –
Schönheit und die volle Kasse –
beides wirklich große Klasse –
musst du erst einmal verbinden
und danach zur Entscheidung finden.

Der Zauber des Lebens, der Nähe, der Ferne –
der Blick in den Himmel im Glanze der Sterne –
es sei dir vergönnt. – Widersteh nicht dem Reiz
und reise doch mal in die Fränkische Schweiz!"

Die Autorin studierte Philosophie, Germanistik, Musik- und Religionswissenschaft in Frankfurt, Köln und Bochum und promovierte zum Dr. phil. an der Johann Wolfgang Goethe-Universität. Sie ist Gymnasiallehrerin a. D.

Aus der Feder von Undine Leverkuehn stammt auch das nachfolgend vorgestellte Buch, das 2016 im tredition Verlag erschien:

Zur Novelle „Im Labyrinth der Zeit"
Anscheinend hat die körperlich und seelisch jung gebliebene, erfolgreiche Wissenschaftlerin Burga Freienfels ihr Leben in jeder Hinsicht gemeistert. Eine ihrem Alter gemäß zu erwartende Souveränität wird jedoch spätestens mit dem plötzlichen Erscheinen ihres alten Freundes Damon Abarrax infrage gestellt. Wer ist er? – Wer ist sie wirklich? – Wohin führt die ungewöhnliche Reise in den Tiefenzustand der Seele, der von beiden Besitz ergreift? – Leben Gegensätze in ihr, die unüberwindbar sind?

ISBN Taschenbuch: 978-3-7345-6607-3
ISBN Hardcover: 978-3-7345-6608-0
ISBN eBook: 978-3-7345-6609-7